Zu diesem Buch

Ein weiterer grotesk-komischer Band von Roald Dahl, dessen wohlige Schauergeschichten «Küßchen, Küßchen!» auch die deutschen Leser begeisterten. Gruseln und Entzücken rufen auch die hier vorliegenden düster-komischen Episoden hervor. Sie erzählen von einem Rattenfänger, der das Blut der getöteten Tiere als Delikatesse anpreist, von einer Leiche im Heu, einem Mann, der eine gigantische Madenfabrik für Angler aufbauen will, und von seinem teuflischen Versuch, mit zwei Windhunden, die einander täuschend ähnlich sehen, die gerissenen Buchmacher übers Ohr zu hauen. Im Österreichischem Rundfunk, wie in zahlreichen ähnlichen Kritiken, hieß es: «Wer gescheit und anspruchsvoll unterhalten sein will, der greife nach Roald Dahls ‹Krummem Hund›.»

Roald Dahl wurde am 13. September 1916 in Llandaff/Südwales (England) als Sohn norwegischer Eltern geboren. Sein Vater war Schiffsmakler. Nach dem Besuch der Public School Repton arbeitete Roald Dahl von 1932 bis 1937 in einer ostafrikanischen Niederlassung der Shell-Company. Während des Zweiten Weltkriegs war er Pilot eines Kampfflugzeuges der R. A. F. In dieser Zeit begann er, gefördert von C. S. Forester, zu schreiben, vor allem über seine Erlebnisse als Flieger. Sein erster Band mit Erzählungen erschien 1946 («…steigen aus…maschine brennt…»; rororo Nr. 868) und erregte sofort das Interesse namhafter Kritiker. In «Sometime Never, a Fable for Supermen» (1948) entwarf er einen utopischen Stoff. Wie in «Küßchen, Küßchen!» (rororo Nr. 835) zeigte sich auch in «…und noch ein Küßchen!» (rororo Nr. 989) sein faszinierendes Talent, Geschichten zwischen Komik und Entsetzen zu erfinden. Seine makabere Phantasie errinnert an E. A. Poe. Im Januar 1970 erschien im Rowohlt Verlag als Sonderausgabe «Gesammelte Erzählungen», als rororo Nr. 4200 liegt vor «Kuschelmuschel. Vier erotische Überraschungen». Dahl trat jedoch auch als Kinderbuchautor hervor («Danny oder Die Fasanenjagd», Rowohlt 1977, «Das riesengroße Krokodil», Rowohlt 1978, «Der fantastische Mr. Fox», Rowohlt 1979, «Die Zwicks stehen kopf», Rowohlt 1981). 1980 erschien im Rowohlt Verlag die Geschichten-Sammlung «Ich sehe was, was du nicht siehst», 1981 «Onkel Oswald und der Sudan-Käfer». Er ist seit 1953 mit der namhaften Schauspielerin Patricia Neal verheiratet, mit der er vier Kinder hat.

ROALD DAHL

Der krumme Hund

*Eine lange Geschichte
mit 25 Zeichnungen
von
Catrinus N. Tas*

ROWOHLT

Die vorliegende Geschichte wurde unter dem Titel «Claud's Dog»
in dem Erzählungsband «Someone Like You» beim Verlag
Alfred A. Knopf,
Inc., New York, veröffentlicht
Aus dem Englischen Übertragen von Fritz Güttinger
Umschlagentwurf Catrinus N. Tas

1.–125. Tausend   1967–1975
126.–140. Tausend September 1976
141.–153. Tausend November 1977
154.–163. Tausend   Januar 1979
164.–180. Tausend   Juli 1979
181.–198. Tausend   Juni 1980
199.–223. Tausend   Februar 1981

Veröffentlicht im Rowohlt Taschenbuch Verlag GmbH,
Reinbek bei Hamburg, August 1967
Copyright © by Daniel Keel / Diogenes Verlag, Zürich
Zeichnungen Copyright © 1967 by
Rowohlt Taschenbuch Verlag GmbH, Reinbek bei Hamburg
Gesetzt aus der Linotype-Aldus-Buchschrift
und der Palatino (D. Stempel AG)
Gesamtherstellung Clausen & Bosse, Leck
Printed in Germany
380–ISBN 3 499 10959 x

DER RATTENFÄNGER

Am Nachmittag kam der Rattenfänger zur Tankstelle. Leisen Schrittes pirschte er sich die Zufahrt herauf, einen Rucksack über der einen Schulter. Seine braunen Manchesterhosen waren unter den Knien mit weißem Bindfaden zusammengeschnürt; dazu trug er einen altmodischen schwarzen Kittel mit großen Taschen.

«Bitte?» fragte Claud, obwohl er genau wußte, wer da kam.

«Ungeziefervertilgung.» Rasch musterte er die ganze Lokalität.

«Der Rattenfänger?»

«Jawohl.»

Der Mann war mager und gebräunt, mit scharfen Zügen und zwei schwefelgelben Zähnen, die von oben über die Unterlippe ragten. Die Ohrmuscheln waren dünn und spitz und saßen weit hinten, gegen den Nakken hin. Wenn er einen mit den schmalen schwarzen Augen anschaute, blitzte etwas Gelbes darin auf.

«Sie sind aber rasch gekommen.»

«Sonderauftrag des Gesundheitsamtes.»

«Und nun wollen Sie also die Ratten fangen?»

«Jawohl.»

Der dunkle, verstohlene Blick, den er hatte, war der eines Tieres, das sein Leben lang vorsichtig aus einem Loch im Boden hervorspäht.

«Wie wollen Sie sie denn fangen?»

«Ah!» sagte der Rattenfänger geheimnisvoll. «Es kommt darauf an, wo sie stecken.»

«Sie stellen wohl Fallen auf?»

«Fallen!» rief er entrüstet. «Auf die Art würden Sie nicht viel fangen. Ratten sind doch keine Karnickel.»

Er streckte die Nase empor und zog die Luft ein, wobei die Nase merklich hin und her zuckte.

«Nein», sagte er geringschätzig. «Mit Fallen kommt man den Ratten nicht bei. Ratten sind klug, das kann ich Ihnen sagen. Wer sie fangen will, muß sie kennen. Unsereiner muß sich in Ratten auskennen.»

Ich konnte sehen, wie Claud große Augen machte, offenbar fasziniert.

«Klüger als Hunde sind sie, die Ratten.»

«Ach was.»

«Wissen Sie, was die tun? Sie beobachten einen! Die ganze Zeit, während man Vorkehrungen trifft, um sie zu fangen, sitzen sie ruhig in einer Ecke und sehen einem zu.» Der Mann ging in die Knie und machte einen langen Hals.

«Wie stellen Sie es denn an?» fragte Claud gespannt.

«Ah! Das ist es eben. Man muß sich in den Ratten auskennen.»

«Wie fangen Sie sie?»

«Es gibt verschiedene Methoden», meinte der Rattenfänger verschmitzt.

Er hielt inne und nickte bedächtig mit dem abstoßenden Kopf. «Das kommt ganz darauf an», erklärte er, «wo sie stecken. Bei Ihnen handelt es sich nicht um die Kanalisation, wie?»

«Nein.»

«Eine knifflige Sache, das mit der Kanalisation. Ja», sagte er und schnupperte mit seiner beweglichen Nasenspitze behutsam in der Luft herum, «das mit der Kanalisation ist eine knifflige Sache.»

«So schwierig kann das ja nicht sein.»

«Ach nein? Dann versuchen Sie's doch mal. Wie würden Sie denn da vorgehen? Ich bin gespannt.»

«Ich würde sie ganz einfach vergiften.»

«Ganz einfach, wie? Und wo würden Sie das Gift hintun, wenn man fragen darf?»

«In die Kanalisation, wohin denn sonst!»

«So!» frohlockte der Rattenfänger. «Hab ich's mir doch gedacht! In die Kanalisation! Und wissen Sie, was dann geschieht? Es wird einfach weggeschwemmt. Abwasserkanäle sind wie ein Fluß, müssen Sie wissen.»

«Das sagen Sie so», erwiderte Claud. «Das ist nur eine Behauptung.»

«Es ist eine Tatsache.»

«Na schön, meinetwegen. Was würden Sie denn tun?»

«Da muß man eben die Ratten kennen, wenn es sich um die Kanalisation handelt.»

«Also, wie denn?»

«Hören Sie zu. Ich erklär's Ihnen.» Der Rattenfänger trat einen Schritt näher und schlug einen geheimnisvollen Ton an, wie einer, der im Vertrauen unerhörte Berufsgeheimnisse auskramt. «Man geht von der Voraussetzung aus, daß die Ratte ein Nagetier ist. Ratten *nagen*. Was immer man ihnen vorsetzt, ganz gleich was, alles, was sie noch nie gesehen haben, was tun sie damit? Sie nagen daran. Na also, ist doch klar! Man hat es mit einem Abwasserkanal zu tun, und was macht man?»

Seine Stimme, leise und kehlig, hatte etwas vom Quaken eines Frosches; auch ließ er gewissermaßen

8

jedes Wort genießerisch auf der Zunge zergehen. Er sprach, ähnlich wie Claud, mit dem breiten, mundartlichen Einschlag, wie er in Buckinghamshire auf dem Lande üblich ist, nur daß er die Worte mehr auskostete.

«Was macht man? Man steigt einfach in den Kanal hinunter und nimmt ein paar Papiertüten mit, gewöhnliche braune Papiertüten, und diese Tüten sind mit Gips gefüllt. Sonst nichts. Dann hängt man die Tüten an der Decke der Kanalröhren auf, daß sie fast bis zum Wasser herabhängen, aber nicht ganz. Klar? Nicht ganz bis zum Wasser und gerade hoch genug, daß eine Ratte sie noch erreichen kann.»

Gespannt hörte Claud zu.

«Das wär's dann. Die Ratte kommt herangeschwommen und sieht die Tüte. Sie stutzt. Sie riecht daran und findet den Geruch gar nicht übel. Und dann, was tut sie dann?»

«Sie nagt daran!» rief Claud.

«Klar, Mensch, versteht sich. Sie fängt an, an der Tüte zu nagen, und die Tüte platzt, und die alte Ratte kriegt einen Mundvoll Gips ab.»

«Na und?»

«Damit ist sie erledigt.»

«Wie, erledigt?»

«Jawohl, tot.»

«Aber Gips ist doch nicht giftig.»

«Ah, da irren Sie sich. Gips geht auf. Wenn er

feucht wird, geht er auf. Im Körper der Ratte drin geht er auf, und daran krepiert die Ratte, schneller als an irgend etwas anderem.»

«Nein!»

«Man muß sich eben in den Ratten auskennen.»

Der Rattenfänger strahlte vor heimlichem Stolz; er rieb sich die knochigen Hände, die er sich vor das Gesicht hielt. Claud schaute ihm fasziniert zu.

«Also, wo sind diese Ratten?» Das Wort ‹Ratten› ließ er genießerisch wie Butter auf der Zunge zergehen. «Sehen wir uns diese Ratten einmal an.»

«Dort drüben im Heustock, auf der andern Seite der Straße.»

«Nicht im Haus?» fragte er, sichtlich enttäuscht.

«Nein, nur um den Heustock herum, sonst nirgends.»

«Die sind bestimmt auch im Haus. Machen sich nachts an die Lebensmittel heran und verbreiten Krankheiten und Seuchen. Haben Sie Krankheitsfälle hier?» fragte er, wobei er zuerst mich, dann Claud anschaute.

«Hier ist alles gesund.»

«Ganz sicher?»

«Doch, sicher.»

«Man kann das nämlich nie wissen. Wochenlang kann man immer mehr kränkeln, ohne es zu merken. Dann auf einmal – wumm! – und es hat einen erwischt. Deshalb nimmt es ja Dr. Arbuthnot so genau. Deshalb hat er mich sogleich hergeschickt. Damit sich keine Krankheiten ausbreiten.»

Er trat jetzt als Vertreter des Gesundheitsamtes auf. Ein höchst wichtiger Ratz war er jetzt, und schwer enttäuscht, daß wir nicht wenigstens an Beulenpest darniederlagen.

«Mir fehlt nichts», erklärte Claud betreten.

Der Rattenfänger sah ihm nochmals forschend ins Gesicht, ohne etwas zu sagen.

«Und wie wollen Sie sie im Heustock fangen?»

Der Mann schmunzelte, langte in seinen Rucksack und holte eine große Dose heraus, die er sich auf Augenhöhe vors Gesicht hielt. Listig guckte er seitlich daran vorbei.

«Gift!» sagte er leise. So wie er das Wort aussprach, klang es höchst gefährlich. «Ein tödliches Gift ist das.» Er wog die Dose in der Hand, während er sprach. «Genug, um Abertausende von Menschen umzubringen.»

«Furchtbar», bemerkte Claud.

«Allerdings. Sie, junger Mann, würden sechs Monate eingesteckt, wenn man Sie auch nur mit einem Löffelvoll davon ertappte.» Er befeuchtete sich die Lippen. Wenn er sprach, reckte er den Hals nach vorn.

«Wollen Sie sehen?» fragte er und holte eine Kupfermünze aus der Tasche, mit der er den Deckel aufklemmte. «Da! Das ist es.» Fast liebevoll sprach er von dem Zeug und hielt es Claud hin.

«Mais? Oder ist es Gerste?»

«Hafer. Mit tödlichem Gift getränkt. Nehmen Sie auch nur ein Körnchen in den Mund, und in fünf Minuten sind Sie eine Leiche.»

«Tatsächlich?»

»Jawohl. Die lasse ich nie aus den Augen, die Dose.»

Er streichelte sie und rüttelte ein bißchen daran, daß der Inhalt leise raschelte.

«Aber heute nicht. Ihre Ratten kriegen das heute noch nicht. Sie würden es sowieso nicht nehmen. Bestimmt nicht. Ratten sind mißtrauisch. Höchst mißtrauisch. Heute kriegen sie deshalb guten, unverfälschten Hafer, der ihnen nichts anhaben kann. Höchstens daß sie davon fett werden. Und morgen nochmals dasselbe. Das schmeckt ihnen so gut, daß es in ein paar Tagen die Ratten aus der ganzen Gegend herbeilockt.»

«Sehr schlau.»

«Schlau muß man sein. Schlauer als eine Ratte, und das will etwas heißen.»

«Eigentlich muß man fast selber eine Ratte sein», sagte ich. Es entfuhr mir, ehe ich mich dessen versah, und ich konnte auch nichts dafür, weil ich den Mann dabei vor Augen hatte. Doch die Wirkung auf ihn war erstaunlich.

«Na also!» rief er. «Jetzt haben Sie's erfaßt! Eine treffende Bemerkung! Ein guter Rattenfänger muß mehr wie eine Ratte sein als irgend etwas anderes. Schlauer als eine Ratte, und das ist keine Kleinigkeit, kann ich Ihnen sagen.»

«Da haben Sie recht.»

«Also, gehen wir. Ich habe nicht den ganzen Tag Zeit, wissen Sie. Lady Leonora Benson verlangt mich dringend in ihr Haus dort oben am Berg.»

«Hat sie auch Ratten?»

«Jedermann hat Ratten», erklärte der Rattenfänger und zuckelte die Zufahrt hinunter, über die Straße und zum Heustock hinüber, während wir ihm nachschauten. Sein Gang war erstaunlich wie der einer Ratte – dieses langsame, fast zarte Zuckeln mit lockeren Knien und ohne jedes Geräusch auf dem Kies. Behend setzte er über das Gatter und in die Wiese hinüber, wo er rund um den Heustock ging und dabei Hafer verstreute.

Am nächsten Tag kam er wieder und wiederholte das Ganze.

Als er am übernächsten Tag wiederkam, legte er den vergifteten Hafer aus. Diesen streute er nicht einfach hin; er verteilte ihn sorgfältig in kleinen Häufchen an den vier Ecken des Heustocks.

«Haben Sie einen Hund?» fragte er, als er wieder über die Straße kam, nachdem er das Gift verteilt hatte.

Ich bejahte.

«Wenn Sie Ihren Hund qualvoll krepieren sehen wollen, dann brauchen Sie ihn bloß auf die Wiese hinüber zu lassen.»

«Wir passen schon auf», versicherte Claud, «nur keine Bange.»

Am nächsten Tag kam er nochmals vorbei, um die Kadaver einzusammeln.

«Haben Sie einen alten Sack?» fragte er. «Wahrscheinlich brauchen wir einen Sack, um sie wegzuschaffen.»

Er tat sehr wichtig, und seine schwarzen Augen funkelten vor Stolz, war er doch im Begriff, uns das umwerfende Ergebnis seiner Kunst vorzuführen.

Claud holte einen Sack, und zu dritt begaben wir uns über die Straße, wobei der Rattenfänger vorausging. Claud und ich lehnten uns an das Gatter und schauten zu, wie er um den Heustock herumging und sich bückte, um nach den angehäuften Giftkörnern zu sehen.

«Da stimmt etwas nicht», murmelte er verärgert.

Er zuckelte zu einem andern Häufchen hin und ließ sich auf die Knie nieder, um es genau zu untersuchen.

«Da stimmt etwas ganz und gar nicht.»

«Was fehlt denn?»

Er gab keine Antwort, aber es war offensichtlich, daß die Ratten seinen Köder nicht angerührt hatten.

«Das hier sind sehr schlaue Ratten», bemerkte ich.

«Genau das habe ich ihm auch gesagt, Gordon. Es sind keine gewöhnlichen Ratten, mit denen wir es hier zu tun haben.»

Der Rattenfänger trat zu uns heran. Es war ihm anzusehen, daß er sehr verärgert war. «Ach was», sagte er zu mir. «Mit diesen Ratten ist weiter nichts, als daß

15

jemand sie füttert. Sie haben irgendwo etwas Saftiges zu fressen, und zwar in rauhen Mengen. Ratten, die Hafer verschmähen, das gibt's ja gar nicht, es sei denn, sie sind bereits vollgefressen.»

«Schlaue Tiere», bemerkte Claud.

Angewidert wandte sich der Mann ab. Dann kniete er wieder nieder und begann die Giftkörner mit einem Schäufelchen aufzuheben und sorgfältig in die Dose zu schütten. Als er damit fertig war, begaben wir uns zu dritt wieder zurück.

Ein etwas kläglicher, gedemütigter Rattenfänger stand jetzt versonnen bei den Tanksäulen. Er hatte sich in sich selbst zurückgezogen und sann schweigend über seinen Mißerfolg nach, mit einem bösen Funkeln seiner verschleierten Augen. Wenn er sich die Lippen befeuchtete, umfuhr die Zungenspitze die beiden gelben Zähne. Auf das Befeuchten der Lippen legte er offenbar großen Wert. Auf einmal warf er zuerst mir, dann Claud einen verstohlenen Blick zu. Er zuckte mit der Nasenspitze und schnupperte, wippte ein paarmal auf den Sohlen und sagte dann leise: «Soll ich Ihnen etwas zeigen?» Offenbar wollte er seinem Ruf wieder aufhelfen.

«Was denn?»

«Soll ich Ihnen etwas Erstaunliches zeigen?» Während er sprach, langte er mit der Rechten tief in die Rocktasche und holte mit festem Griff eine große, lebende Ratte hervor.

16

«Mensch!»

«Ah, sehen Sie!» Er stand jetzt etwas gebückt und machte einen langen Hals, während er uns verschmitzt anschaute und diese gewaltige braune Ratte zwischen Finger und Daumen wie in einer Zwinge hielt, so daß sie den Kopf nicht drehen und nicht zubeißen konnte.

«Tragen Sie immer Ratten mit sich herum?»

«Ich habe immer eine Ratte oder zwei auf mir.»

Darauf fuhr er mit der freien Hand in die andere Tasche und brachte ein kleines weißes Frettchen zum Vorschein.

«Ein Frettchen», sagte er und hielt es am Genick empor.

Das Tier schien ihn zu kennen und ließ sich ruhig halten.

«Es gibt nichts, was einer Ratte schneller den Garaus macht, als ein Frettchen. Und nichts, wovor eine Ratte größere Angst hat.»

Er hielt die beiden Tiere so vor sich hin, daß die Nase des Frettchens nur noch eine Handbreit von der Ratte entfernt war. Mit seinen roten Glasperlenaugen sah das Frettchen die Ratte starr an. Diese wehrte sich verzweifelt und suchte von dem mörderischen Gegner wegzukommen.

«Und jetzt», sagte er, «aufgepaßt!»

Der Kragen seines khakifarbenen Hemdes stand offen, und er hob die Ratte empor und ließ sie ins Hemd hineingleiten, zwischen Hemd und Haut. Sobald er die Hand frei hatte, knöpfte er vorne den Kittel auf, so daß man sehen konnte, wie das Hemd sich ausbauschte, wo die Ratte war. Der Gürtel hinderte sie daran, nach unten zu entkommen.

Dann ließ er das Frettchen hinterhergleiten.

Sogleich entstand unter dem Hemd ein gewaltiger Aufruhr. Offenbar lief die Ratte rund um ihn herum, verfolgt von dem Frettchen. Sechs- oder siebenmal ging es ringsum, die kleinere Ausbuchtung immer hinter der größeren her, wobei der Abstand zwischen den beiden sich jedesmal etwas verringerte, bis sie schließlich zusammentrafen, worauf ein wildes Gemenge und Gequietsche entstand.

Während der ganzen Vorstellung hatte der Rattenfänger mit gespreizten Beinen völlig reglos dagestanden, mit locker herabhängenden Armen, den dunklen Blick auf Claud geheftet. Nun griff er mit der einen Hand in sein Hemd hinein und holte das Frettchen heraus; mit der andern zog er die tote Ratte hervor. An der weißen Schnauze des Frettchens waren Blutspuren zu sehen.

«Ich weiß nicht, ob das sehr schön war.»

«Jedenfalls haben Sie bestimmt noch nie so was gesehen.»

«Das nicht, nein.»

«Früher oder später werden Sie wohl ganz hübsch gebissen werden», meinte Claud. Aber er war sichtlich

19

beeindruckt, und der Rattenfänger gewann seine Selbstsicherheit wieder.

«Soll ich Ihnen etwas noch viel Erstaunlicheres zeigen?» fragte er. «Etwas, das Sie gar nicht glauben würden, wenn Sie es nicht mit eigenen Augen gesehen haben?»

«Na?»

Wir standen draußen vor den Tanksäulen, und es war einer jener angenehm warmen Novembervormittage. Zwei Autos fuhren vor, um zu tanken, eines hinter dem andern, und Claud ging hin, um sie abzufertigen.

«Wollen Sie's sehen?» fragte der Rattenfänger.

Ich warf Claud einen unsicheren Blick zu. «Doch», sagte Claud, «lassen Sie mal sehen.»

Der Rattenfänger ließ die tote Ratte in die eine Tasche gleiten, das Frettchen in die andere. Dann langte er in den Rucksack hinein und holte, weiß Gott, eine zweite lebende Ratte daraus hervor.

«Na, so was!» sagte Claud.

«Ich habe immer eine Ratte oder zwei auf mir», erklärte der Mann seelenruhig. «In meinem Beruf muß man die Ratten kennen, und wenn man sie kennenlernen will, muß man sie in seiner Nähe haben. Das hier ist eine Kanalratte. Eine alte Kanalratte, schlauer als schlau. Sehen Sie, wie sie mich die halbe Zeit beobachtet, um herauszukriegen, was ich vorhabe? Sehen Sie das?»

20

«Ein widerliches Tier.»

«Was haben Sie im Sinn?» fragte ich. Ich versprach mir noch weniger davon als das letzte Mal.

«Holen Sie mir ein Stück Bindfaden.»

Claud holte ihm ein Stück Bindfaden.

Mit der Linken schlang der Mann dem Tier die Schnur um ein Hinterbein. Die Ratte zappelte und suchte den Kopf herumzukriegen, um zu sehen, was da hinten vorging, aber er hielt sie mit Finger und Daumen fest um den Hals gepackt.

«So», sagte er dann und schaute in die Runde. «Sie haben da drin einen Tisch.»

«Wir wollen die Ratte nicht im Haus drin», erklärte ich.

«Ich brauche aber einen Tisch. Oder sonst etwas wie eine Tischplatte.»

«Wie wär's mit der Haube dieses Wagens da?» fragte Claud.

Wir traten zu dem Auto hin, und der Mann setzte die alte Kanalratte auf die Motorhaube. Dann befestigte er die Schnur am Scheibenwischer, so daß die Ratte angepflockt war.

Zuerst kauerte sie reglos und argwöhnisch da, eine große graue Ratte mit funkelnden schwarzen Augen und einem schuppigen Schwanz, der auf der Motorhaube hingeringelt lag. Sie schaute vom Rattenfänger weg, lauerte aber aus einem Augenwinkel darauf, was er wohl im Schilde führe. Der Mann trat ein paar

Schritte zurück, und sogleich schien die Ratte erleichtert. Sie setzte sich auf die Hinterbacken und begann sich den grauen Pelz auf der Brust zu lecken. Dann putzte sie sich mit beiden Vorderpfoten die Schnauze. Um die drei Zuschauer in der Nähe schien sie sich nicht zu kümmern.

«Und nun, wie wär's mit einer kleinen Wette?» fragte der Rattenfänger.

«Wetten tun wir nicht.»

«Nur zum Spaß. Es macht mehr Spaß, wenn man wettet.»

«Worauf wollen Sie denn wetten?»

«Ich wette, daß ich die Ratte töten kann, ohne die Hände zu gebrauchen. Ich stecke die Hände in die Taschen und brauche sie überhaupt nicht.»

«Sie wollen mit dem Fuß nach ihr treten», meinte Claud.

Offenbar hatte der Rattenfänger es darauf abgesehen, etwas zu verdienen. Ich schaute die Ratte an, die getötet werden sollte, und es war mir unbehaglich dabei; nicht, weil sie getötet werden, vielmehr weil es auf eine besondere, geradezu genießerische Art geschehen sollte.

«Nein», sagte der Rattenfänger. «Nicht mit dem Fuß.»

«Auch nicht mit den Armen?» fragte Claud.

«Weder mit den Armen noch mit den Beinen oder den Händen.»

23

«Sie werden sich draufsetzen.»

«Nein. Zerquetscht wird sie nicht.»

«Da bin ich gespannt, wie Sie das machen.»

«Zuerst wetten wir. Um ein Pfund.»

«Seien Sie nicht albern», sagte Claud. «Wie kommen wir dazu, Ihnen ein Pfund zu geben?»

«Wieviel wollen Sie wetten?»

«Nichts.»

«Schön. Dann eben nicht.»

Er tat, als wolle er die Schnur vom Scheibenwischer losknüpfen.

«Einen Shilling wette ich», erklärte Claud. Das merkwürdige Gefühl in meiner Magengrube nahm zu, aber etwas an der Sache schlug mich in seinen Bann; ich konnte mich nicht losreißen.

«Sie auch?»

«Nein», sagte ich.

«Wo fehlt's denn Ihnen?» fragte der Rattenfänger.

«Wetten tu ich nun einmal nicht.»

«Ich soll das also für einen lumpigen Shilling machen?»

«Meinetwegen brauchen Sie es überhaupt nicht zu machen.»

«Wo ist das Geld?» fragte er Claud.

Claud legte einen Shilling vorne auf die Haube. Der Rattenfänger kramte zwei Sixpencestücke hervor und schob sie neben Clauds Shilling. Als er dabei die Hand

24

ausstreckte, zuckte die Ratte zusammen, zog den Kopf ein und machte sich klein.

«Die Wette gilt», erklärte der Rattenfänger.

Claud und ich traten ein paar Schritte zurück; der andere trat vor. Er steckte die Hände in die Taschen und beugte den Oberkörper gegen die Ratte, so daß sein Gesicht auf gleicher Höhe mit ihr war, ungefähr einen Meter entfernt.

Sein Blick begegnete dem der Ratte und hielt ihn fest. Gespannt kauerte das Tier da; es witterte äußerste Gefahr, war aber noch nicht verängstigt. So wie es sich hinkauerte, hatte ich den Eindruck, es schicke sich an, dem Mann ins Gesicht zu springen; doch etwas im Blick des Rattenfängers hielt es offenbar davon ab, schüchterte es ein und versetzte es dann allmählich in eine solche Angst, daß es zurückzuweichen begann, langsam, mit eingeknickten Beinen, bis die Schnur an seinem Hinterbein sich straffte. Durch ruckartige Bewegungen suchte es sich davon zu befreien, um noch weiter von dem Mann wegzukommen. Dieser beugte sich gegen die Ratte hin und wandte keinen Blick von ihr, worauf sie, von panischem Schreck ergriffen, plötzlich einen Satz seitwärts in die Luft machte. Der Ruck, mit dem die Schnur sie zurückschnellte, muß ihr fast das Bein ausgerenkt haben.

Sie kauerte sich wieder hin, mitten auf der Motorhaube, so weit weg, als die Schnur es zuließ, und zwar angstvoll gespannt, mit bebenden Schnurrbarthaaren.

Nun begann der Rattenfänger wieder, sein Gesicht näher heranzurücken. Ganz langsam, so langsam, daß eigentlich gar keine Bewegung zu sehen war, nur daß jedesmal, wenn man hinschaute, sein Gesicht wieder ein Stück näher an der Ratte war. Dabei wandte er kein Auge von ihr. Die Spannung war beträchtlich, und ich verspürte plötzlich das Bedürfnis, ihm zuzuschreien, er solle aufhören. Es schlug mir auf den Magen, aber ich brachte keinen Laut heraus. Etwas höchst Unerquickliches stand uns bevor, davon war ich überzeugt. Etwas Unheilvolles und Grausames und Rattenhaftes, das mir vielleicht den Magen vollends umkehrte. Aber sehen mußte ich es jetzt.

Das Gesicht des Rattenfängers war noch etwa fünfundvierzig Zentimeter von der Ratte entfernt. Dreißig Zentimeter. Dann fünfundzwanzig, und bald betrug der Abstand nicht viel mehr als eine Handbreit. Die Ratte drückte sich flach an die Motorhaube, gespannt und voller Angst. Auch der Rattenfänger war angespannt, aber mit einer gefährlichen, aktiven Spannung, wie eine dicht aufgezogene Sprungfeder. Ein Lächeln umspielte seine Lippen. Dann stieß er plötzlich zu.

Er stieß zu, wie eine Schlange zustößt, indem er den Kopf mit einer messerscharfen Bewegung nach vorne schnellte, die vom ganzen Körper ausging, und ich sah gerade noch, wie er den Mund mit den beiden gelben Zähnen weit aufsperrte und wie sich sein Gesicht dabei vor Anstrengung verzerrte.

Mehr begehrte ich nicht zu sehen. Ich schloß die Augen, und als ich sie wieder aufmachte, war die Ratte tot, und der Rattenfänger strich das Geld ein und spuckte aus.

«Das ist es, woraus man Schleckzeug macht», bemerkte er. «Rattenblut ist, was die großen Konfitürenfabriken verwenden, um Schleckzeug herzustellen.»

Wiederum kostete er jedes Wort aus; wie dicker Sirup troff das Wort «Schleckzeug» von seinen Lippen.

«Nein», sagte er, «gegen einen Tropfen Rattenblut ist nichts einzuwenden.»

«Reden Sie doch nicht so widerlich daher», ereiferte sich Claud.

«Ja, das ist eben so. Sie haben es schon oft gegessen. Türkenhonig und Bärendreck, das wird alles aus Rattenblut gemacht.»

«Verschonen Sie uns damit.»

«In großen Kesseln wird es aufgekocht und mit Stangen umgerührt. Das ist eines der Geheimnisse der Konfitürenfabriken, und niemand ahnt etwas davon, außer denen, die das Zeug liefern.»

Plötzlich bemerkte er, daß er die Zuhörer gegen sich hatte, daß wir feindselige, angewiderte und erboste Mienen machten. So brach er denn jäh ab, drehte sich ohne ein weiteres Wort um und entfernte sich die Zufahrt hinunter und auf die Straße hinaus, mit dem bedächtigen, zuckelnden Gang, der an eine herumstreichende Ratte gemahnte, völlig lautlos, selbst auf dem Kies.

RUMMINS

Die Sonne stand über den Hügeln, der Nebel hatte sich verzogen, und Claud fand es herrlich, mit dem Hund am Vormittag die Landstraße entlangzuziehen, jetzt im Herbst, wo das Laub golden und gelb wurde und manchmal ein Blatt sich löste, langsam hin und her schwebte und lautlos vor ihm auf den Wiesenrain fiel. In der Höhe ging ein leichter Wind, und in den Buchenwipfeln war ein Rauschen und Tuscheln wie in einer Menschenmenge.

Für Claud Cubbage war das immer das Beste am

ganzen Tag. Anerkennend ruhte sein Blick auf dem sammetweich spielenden Hinterteil des Windhundes, der vor ihm hertrottete.

«Jackie», rief er sanft. «Hei, Jackson. Wie gefällt's dir, mein Junge?»

Der Hund wandte sich halbwegs um, als er seinen Namen hörte, und antwortete mit einem raschen Wedeln.

Einen Hund wie diesen Jackie wird es nie mehr geben, sagte sich Claud. Wie schön war seine schlanke, stromlinienförmige Gestalt, der kleine, spitze Kopf, die hellbraunen Augen, die schwarze, bewegliche Nase. Schön auch der lange Hals, und wie die Brust sich zurückwölbte und in den kaum vorhandenen Bauch überging. Und wie luftig und lautlos er sich auf den Zehen bewegte.

«Jackson», sagte er. «Mein guter Jackson.»

In der Ferne, zum Teil von der Hecke verdeckt, konnte Claud das alte Bauernhaus sehen, das Rummins gehörte.

Dort mache ich kehrt, sagte er sich. Das genügt dann für heute.

Rummins, der gerade einen Kessel Milch über den Hof trug, sah ihn herankommen. Bedächtig stellte er den Kessel hin und kam ans Gatter, wo er beide Arme auf die oberste Stange stützte und wartete.

«Guten Tag, Herr Rummins», sagte Claud. Mit Rummins mußte man höflich sein, wegen der Eier.

Rummins nickte und beugte sich über das Gatter, um den Hund zu mustern.

«Sieht gesund aus», bemerkte er.

«Ist auch gesund.»

«Wann lassen Sie ihn rennen?»

«Das weiß ich noch nicht, Herr Rummins.»

«Ach was. Wann lassen Sie ihn rennen?»

«Er ist doch erst zehn Monate alt, Herr Rummins. Noch nicht einmal richtig dressiert.»

Mit seinem stechenden Blick spähte Rummins mißtrauisch über das Gatter hinweg. «Ich hätte direkt Lust, zwei Pfund darauf zu wetten, daß Sie ihn demnächst irgendwo heimlich rennen lassen.»

Verlegen trat Claud von einem Fuß auf den andern. Dieser Mann mit dem breiten Froschmaul, den schlechten Zähnen und dem lauernden Blick war ihm höchst unsympathisch; und höflich mit ihm sein zu müssen, wegen der Eier, das ging ihm ganz gegen den Strich.

«Ihr Heustock, gegenüber der Tankstelle», sagte er, um auf ein anderes Thema zu kommen, «der ist voll von Ratten.»

«In Heustöcken gibt's immer Ratten.»

«Aber nicht so wie in diesem. Wir haben sogar mit den Behörden zu tun gehabt.»

Rummins blickte scharf auf. Mit den Behörden hatte er nicht gern zu tun. Wer mit Eiern Schwarzhandel treibt und Schwarzschlachtungen vornimmt, tut gut daran, den Behörden aus dem Weg zu gehen.

«Was war denn damit?»

«Man hat den Rattenfänger herübergeschickt.»

«Bloß wegen ein paar Ratten?»

«Ein paar! Du mein Gott, es wimmelt ja davon.»

«Ausgeschlossen.»

«Doch, Herr Rummins. Hunderte von Ratten.»

«Und der Rattenfänger, hat er sie denn nicht gefangen?»

«Nein.»

«Warum nicht?»

«Die waren wohl zu schlau.»

Rummins fuhr mit dem Daumenende innen am Nasenloch entlang, wobei er den Nasenflügel zwischen Daumen und Knöchel hielt.

«Für Rattenfänger habe ich nichts übrig», erklärte er. «Rattenfänger sind Staatsangestellte, und für die habe ich nichts übrig.»

«Ich auch nicht, Herr Rummins. Diese Rattenfänger sind aalglatte, durchtriebene Gesellen.»

«Tja», sagte Rummins und fuhr mit der Hand unter die Mütze, um sich am Kopf zu kratzen, «ich wollte das Heu dort sowieso bald hereinholen. Könnte das eigentlich heute schon tun. Staatsangestellte, die in meinem Zeug herumschnüffeln, kann ich nicht brauchen.»

«Da haben Sie recht, Herr Rummins.»

«Wir kommen im Laufe des Tages vorbei – Bert und ich.» Damit wandte er sich ab und schlurfte davon.

Gegen drei Uhr nachmittags kamen Rummins und

Bert in einem Fuhrwerk angefahren, das von einem mächtigen schwarzen Gaul gezogen wurde. Bei der Tankstelle schwenkte der Wagen von der Straße ab und hielt in der Nähe des Heustocks.

«Das dürfte sehenswert sein», sagte ich. «Hol die Flinte.»

Claud holte das Gewehr und steckte eine Patrone hinein.

Ich schlenderte über die Straße und lehnte mich gegen das offene Gatter. Rummins stand jetzt oben auf dem Heustock und schnitt an der Leine herum, mit der das Deckstroh festgebunden war. Bert blieb auf dem Fuhrwerk und machte sich mit dem mehr als ein Meter langen Messer zu schaffen.

Bert hatte ein schadhaftes Auge. Es war hellgrau überzogen, wie ein gekochtes Fischauge, und obwohl es sich in seiner Höhle nicht bewegte, schien es einen immer anzusehen und zu verfolgen, wie die Augen der Leute auf gewissen Bildern im Museum. Einerlei, wo man stand und wo Bert hinschaute, immer war da dieses schadhafte Auge von der Seite her starr auf einen gerichtet, hellgrau überzogen, mit einem schwarzen Punkt in der Mitte, dem Auge eines Fisches auf der Schüssel vergleichbar.

Im Gegensatz zu seinem Vater, der kurz und untersetzt war wie ein Frosch, war Bert ein langer, markloser Schlaks, an dem alles schlenkerte, selbst der Kopf, der zur Seite fiel, als wäre er zu schwer für den Hals.

«Den Heustock habt ihr erst letzten Juni gemacht», sagte ich zu ihm. «Warum muß der schon weg?»

«Vater will es so.»

«Komisch, einen neuen Heustock im November abzubauen.»

«Vater will es so», wiederholte Bert und schaute mit beiden Augen, dem gesunden und dem andern, stumpf und ausdruckslos auf mich herab.

«All die Arbeit, das Heu aufzuschichten und mit Stroh zu decken, nur um es fünf Monate später wieder abzureißen.»

«Vater will es so haben.»

Dauernd fuhr er sich mit dem Handrücken unter der triefenden Nase durch und wischte ihn dann an den Hosen ab.

«Bert, an die Arbeit», rief Rummins, und der Junge kletterte auf den Heustock, dort wo das Deckstroh entfernt worden war. Mit dem langen Messer begann er in das dicht gestapelte Heu hineinzusägen, wobei er den Griff mit beiden Händen hielt und den Körper hin und her bewegte. Man hörte, wie die Klinge sich knirschend in das dürre Heu hineinfraß; das Geräusch wurde leiser, je tiefer das Messer drang.

«Claud will ein paar von den Ratten abknallen, wenn sie herauskommen.»

Sogleich hörten der Bauer und sein Junge auf zu arbeiten und schauten zu Claud hinüber, der sich, das Gewehr in der Hand, an die rote Tanksäule lehnte.

«Sagen Sie ihm, er soll die verdammte Flinte wegtun», rief Rummins.

«Er schießt gut. Sie können ganz ruhig sein.»

«Niemand schießt in meiner Nähe auf Ratten, ganz
gleich, wie gut er schießt.»

«Sie werden ihn kränken.»

«Sagen Sie ihm, er soll es wegtun», rief Rummins
beharrlich. «Gegen Hunde oder Knüppel habe ich
nichts, aber Flinten, verdammt noch mal, nein.»

Die beiden auf dem Heustock schauten zu, während
Claud tat, wie er geheißen worden war; dann machten
sie sich wieder an die Arbeit. Bald darauf stieg Bert
wieder aufs Fuhrwerk herunter, streckte beide Arme
aus und holte einen Ballen festgepreßtes Heu vom
Stock herunter, so daß es säuberlich neben ihn auf den
Wagen fiel.

Eine grauschwarze Ratte mit langem Schwanz kam
unten zum Stock heraus und verschwand in der Hecke.

«Eine Ratte», bemerkte ich.

«Schlagen Sie sie tot», sagte Rummins. «Holen Sie
doch einen Knüppel und schlagen Sie sie tot.»

Die Ratten waren mittlerweile aufgescheucht und
kamen rascher hinaus, eine oder zwei jede Minute, fet-
te, lange Tiere, die dicht am Boden durchs Gras davon-
wuselten. Wenn der Gaul eine davon sah, zuckte er mit
den Ohren und verfolgte sie mit ängstlichem Blick.

Bert war wieder auf den Heustock gestiegen und
schnitt einen weiteren Ballen heraus, während ich ihm

36

dabei zuschaute. Plötzlich sah ich ihn innehalten; er zauderte einen Augenblick und fing dann wieder an zu schneiden, doch diesmal sehr vorsichtig; auch tönte es jetzt ganz anders; es gab ein knirschendes Geräusch, als sei die Klinge auf etwas Festes gestoßen.

Bert zog das Messer heraus und prüfte die Schneide mit dem Daumen. Dann senkte er sie behutsam wieder in den Schnitt hinab, wobei er sich sachte vortastete, bis das Messer wieder auf den harten Gegenstand stieß. Und abermals, als er weitersägte, war dieses knirschende Geräusch zu hören.

Rummins wandte den Kopf und schaute über die Schulter nach dem Jungen. Er war gerade dabei, einen Armvoll Deckstroh aufzuheben, wobei er sich bückte und mit beiden Händen zufaßte, doch hielt er mittendrin inne und schaute nach Bert. Dieser stand reglos da, die Hände am Messergriff, völlig verdutzt. Scharf und schwarz, wie gestochen, hoben sich die beiden Gestalten vom hellgrauen Hintergrund ab.

Dann hörte man Rummins, der lauter als gewöhnlich und mit unverkennbarer Besorgnis, die durch die Lautstärke nicht übertönt wurde, die Bemerkung machte: «Diese Heuer, was die heute alles auf einen Heustock laden!»

Wiederum entstand eine Stille; die beiden regten sich nicht, und auf der andern Seite der Straße lehnte sich Claud reglos an die rote Säule. Es war plötzlich so still, daß man weit unten im Tal, auf dem nächsten Bauernhof, eine Frau die Leute zum Essen rufen hörte.

Und dann wieder Rummins, der seinen Jungen anschrie, obwohl gar kein Anlaß zum Schreien bestand: «Los, mach weiter! Schneide doch mitten durch, ein Stückchen Holz wird dem Messer nichts schaden.»

Aus irgendeinem Grunde, als witterte er vielleicht Gefahr, kam Claud herübergeschlendert und lehnte sich neben mir ans Gatter. Er sagte nichts, doch kam uns beiden an diesen zwei Gestalten etwas verdächtig vor, namentlich an Rummins selber. Rummins war verängstigt. Bert ebenfalls. Und wie ich ihnen so zuschaute, meldete sich in mir undeutlich eine Erinnerung, derer ich nicht ganz habhaft werden konnte. Verzweifelt suchte ich sie ins Bewußtsein heraufzuholen. Einmal hatte ich sie beinahe gefaßt, aber sie entglitt mir wieder, und als ich ihr nachging, schweiften meine Gedanken weit zurück, zurück in die goldenen Tage des Sommers, als ein warmer Südwind das Tal herunterwehte, die alten Buchen sich schwer mit ihrem Laubwerk trugen, die Felder anfingen, gelb zu werden – die Ernte, das Heuen, der Heustock – das Aufbauen des Heustocks.

Sogleich gab es mir einen Stich in der Magengrube.

Ja – das Aufbauen des Heustocks. Wann hatten wir ihn denn aufgebaut? Im Juni? Klar, an einem heißen, schwülen Tag im Juni, als eine Wolkendecke niedrig am Himmel hing und ein Gewitter in der Luft lag.

Und Rummins hatte gesagt: «Macht, daß wir es unter Dach kriegen, bevor der Regen kommt.»

Und der alte Jimmy hatte gesagt: «Es wird nicht regnen. Wozu die Eile? Wenn es im Süden gewittert, kommt es nie zu uns ins Tal herüber.»

Rummins, der auf dem Wagen stand und die Heugabeln verteilte, hatte keine Antwort gegeben. Er war höchst mißlaunig, da er das Heu unbedingt noch einbringen wollte, bevor es zu regnen anfing.

«Bis zum Abend kriegen wir keinen Regen», hatte der alte Jimmy nochmals behauptet, mit einem Blick auf Rummins, der den Blick wütend erwiderte.

Den ganzen Vormittag hatten wir ohne Unterbrechung gearbeitet, indem wir das Heu auf den Karren luden, diesen über die Wiese schoben und das Heu gabelweise auf den allmählich wachsenden Stock schichteten. Wir hörten es im Süden donnern; das Gewitter kam näher und verzog sich dann wieder. Dann rückte es wieder heran und blieb eine Zeitlang auf der andern Seite der Hügel. Wenn wir zu den Wolken aufschauten, konnten wir sie dahinziehen und durcheinanderwogen sehen; doch auf dem Boden war es heiß und schwül und es wehte kein Lüftchen. Bei der drückenden Hitze arbeiteten wir langsam und unfroh, mit Gesichtern, die glänzten vor Schweiß, und Hemden, die am Leibe klebten.

Claud und ich hatten neben Rummins auf dem Heustock selber geholfen, und ich wußte noch, wie heiß es gewesen war, und erinnerte mich an die Fliegen, die mich umschwirrten, und wie der Schweiß an mir herablief; namentlich aber war mir die finstere Miene von Rummins gegenwärtig, der verbissen drauflosschuftete und seine Leute zur Eile antrieb.

Am Mittag hatten wir Rummins zum Trotz eine Verpflegungspause eingelegt.

Claud und ich hatten uns unter die Hecke gesetzt, mit dem alten Jimmy und einem Soldaten namens Wilson, der auf Urlaub hier war. Gesprochen wurde nicht viel, dazu war es zu heiß. Wilson aß etwas Brot und Käse und trank kalten Tee aus der Feldflasche. Der alte Jimmy hatte einen ausgedienten Gasmaskenbehälter bei sich, aus dem sechs kleine Flaschen Bier herausragten.

«Hier», sagte er, und bot jedem von uns eine an.

«Ich kaufe Ihnen eine ab», erklärte Claud, da der Alte über wenig Geld verfügte.

«Nimm's doch.»

«Ich möchte es aber bezahlen.»

«Sei nicht albern. Trink lieber.»

Er war eine Seele von Mensch, mit rötlichen Backen, die er täglich rasierte. Früher hatte er als Zimmermann gearbeitet, mußte aber mit siebzig Jahren seine Stellung aufgeben, und das war schon einige Jahre her. Da er noch rüstig war, hatte ihm der Gemeinderat die Aufsicht über den neu erbauten Kinderspielplatz anvertraut, wo er die Schaukeln und Wippen instand zu halten und auch dafür zu sorgen hatte, daß den Kindern nichts geschah.

Das war eine schöne Aufgabe für einen alten Mann, und man war mit dem Lauf der Dinge zufrieden – bis zu einem gewissen Samstagabend. An diesem Abend hatte sich der alte Jimmy einen angetrunken und war laut singend die Dorfstraße entlanggetorkelt, wobei er einen solchen Krakeel vollführte, daß die Leute aus dem Bett stiegen, um zu sehen, was da unten los sei.

Am nächsten Morgen hatte man ihn entlassen, mit der Begründung, er sei ein liederlicher Trunkenbold und eigne sich nicht für den Umgang mit Kindern auf dem Spielplatz.

Doch dann trug sich etwas Merkwürdiges zu. Am ersten Tag, an dem er wegblieb, an einem Montag, kam nicht ein einziges der Kinder auch nur in die Nähe des Spielplatzes.

Auch am nächsten Tag nicht, und am übernächsten. Die ganze Woche waren die Schaukeln und Wippen und die Rutschbahn verwaist. Kein Kind ließ sich dort blicken. Statt dessen folgten sie dem alten Jimmy auf eine Wiese hinter dem Pfarrhaus und spielten dort, während er zuschaute; und das Ergebnis war, daß dem Gemeinderat nichts anderes übrigblieb, als ihn wieder in seine Stellung einzusetzen.

Er hatte sie jetzt noch inne und betrank sich auch jetzt noch, ohne daß jemand etwas dagegen verlauten ließ. Nur ein paar Tage jedes Jahr setzte er aus, zur Zeit der Heuernte. Seiner Lebtag hatte sich der alte Jimmy gerne daran beteiligt, und er gedachte vorläufig noch nicht damit aufzuhören.

«Willst du eins?» fragte er jetzt und hielt Wilson, dem Soldaten, eine Flasche hin.

«Nein danke. Ich habe Tee.»

«Tee soll gut sein, wenn es heiß ist.»

«Ist er auch. Bier macht mich schläfrig.»

«Wir könnten zur Tankstelle hinübergehen», sagte ich zu Jimmy, «ich streiche Ihnen da ein paar Stullen. Möchten Sie?»

«Bier genügt mir. In einer einzigen Flasche Bier ist mehr Nährwert drin als in zwanzig Stullen.»

Er lächelte mir zu, wobei sich zeigte, daß er keine Zähne mehr hatte; aber es war ein angenehmes Lä-

cheln, und auch das bloße hellrote Zahnfleisch hatte
nichts Abstoßendes.

Eine Weile saßen wir schweigend da. Der Soldat
hatte sein Käsebrot aufgegessen, legte sich auf den
Rücken und schob den Hut ins Gesicht. Der alte Jimmy
hatte drei Flaschen Bier getrunken und bot nun die
letzte Claud und mir an.

«Nein, danke.»

«Nein, danke. Ich habe an einer genug.»

Der alte Mann zuckte mit den Achseln, machte die
Flasche auf, bog den Kopf zurück und trank, indem er
sich das Bier in den offenen Mund laufen ließ, so daß
es ohne Geglucker die Kehle hinunterrann. Er trug
einen Hut von unbestimmbarer Farbe und Form, der
ihm nicht herunterfiel, als er den Kopf in den Nacken
warf.

«Gibt denn Rummins dem alten Gaul nichts zu trin-
ken?» fragte er, als er die Flasche absetzte, mit einem
Blick auf den Karrengaul, der dampfend zwischen den
Deichseln stand.

«Rummins? Der nicht.»

«Pferde haben doch auch Durst, genau wie wir.»
Nachdenklich schaute der alte Jimmy zu dem Gaul hin.
«Haben Sie einen Eimer Wasser da drüben in Ihrem
Laden?»

«Klar.»

«Also, was hindert uns, dem alten Pferd zu trinken
zu geben?»

«Eine gute Idee. Geben wir ihm zu trinken.»

Wir standen beide auf, Claud und ich, und gingen auf das Gatter zu, und ich weiß noch, daß ich mich umwandte und dem Alten zurief:

«Soll ich Ihnen wirklich keine Stulle bringen? Es dauert nicht lange.»

Er schüttelte den Kopf, winkte uns mit der Flasche zu und sagte, er werde ein Nickerchen machen. Wir traten auf die Straße hinaus und begaben uns zur Tankstelle hinüber.

Wir blieben wohl etwa eine Stunde lang weg, da wir Kunden zu bedienen hatten und rasch etwas zu uns nahmen, und als wir schließlich zurückkehrten, mit dem Eimer Wasser, den Claud trug, da fiel mir auf, daß der Heustock mindestens zwei Meter hoch war.

«Etwas Wasser für den alten Gaul», sagte Claud und schaute Rummins scharf an. Dieser stand auf dem Wagen und gabelte Heu auf den Stock hinüber. -

Das Pferd steckte den Kopf in den Eimer hinein, schlürfte dankbar von dem Wasser und prustete.

«Wo ist der alte Jimmy?» fragte ich. Wir wollten, daß er das Wasser sehe, da es seine Idee gewesen war.

Als ich die Frage stellte, zögerte Rummins einen Augenblick, nur einen kurzen Augenblick, mit erhobener Gabel, und schaute umher.

«Ich habe ihm eine Stulle mitgebracht», bemerkte ich.

«Der alte Schafskopf hat zuviel Bier getrunken und

ist nach Hause gegangen, um zu schlafen», sagte Rummins.

Ich schlenderte die Hecke entlang bis dorthin, wo wir mit dem alten Jimmy gesessen hatten. Die fünf leeren Flaschen lagen noch im Gras herum, und ebenso der Behälter. Ich hob ihn auf und ging damit zu Rummins zurück.

«Ich glaube nicht, daß der alte Jimmy nach Hause gegangen ist, Herr Rummins», sagte ich und hielt den Behälter an dem langen Tragriemen in die Höhe. Rummins warf einen Blick darauf, gab jedoch keine Antwort. Er hatte es sehr eilig, da das Gewitter näher war, das Gewölk schwärzer, die Hitze drückender denn je.

Mit dem Gasmaskenbehälter begab ich mich zur Tankstelle zurück, wo ich den Nachmittag hindurch blieb, um Kunden zu bedienen. Gegen Abend, als der Regen kam, warf ich einen Blick über die Straße und bemerkte, daß das Heu eingebracht war; es wurde gerade mit einer Plane zugedeckt.

Nach ein paar Tagen kam der Dachdecker, nahm die Plane herunter und machte statt dessen ein Strohdach. Es war ein tüchtiger Dachdecker, der sich darauf verstand. Sein Strohdach war dicht und regelmäßig, überall gleich schräg, an den Kanten sauber gestutzt, und es war eine Freude, es von der Straße her zu betrachten.

Alles das kam mir jetzt wieder in den Sinn, als ob es

gestern gewesen wäre – das Aufschichten des Heustocks an jenem schwülen Junitag, die gelbe Wiese, der süße Wohlgeruch des Heus, und Wilson, der Soldat, der Tennisschuhe trug, Bert mit seinem Fischauge, der alte Jimmy mit seinem guten Gesicht und dem zahnlosen Mund, und Rummins, der stämmige Wicht, der auf dem Wagen stand und finstere Blicke zum Himmel emporwarf, da er sich wegen des Regens sorgte.

Und da stand er nun wieder, dieser Rummins, oben auf dem Heustock, mit einem Bündel Deckstroh im Arm, und schaute sich nach seinem Sohn um, dem langen Schlaks, beide reglos, beide wie ein Schattenbild gegen den Himmel, und abermals gab es mir einen Stich in der Magengrube.

«Los, schneide doch mittendurch», sagte Rummins überlaut.

Bert stemmte sich auf das lange Messer, daß es knirschte, als er damit etwas Hartes durchsägte. Es war ihm anzumerken, daß ihm das keineswegs behagte.

Es dauerte mehrere Minuten, bis das Messer hindurch war. Dann hörte man wieder das leisere Geräusch, als die Klinge dürres, dichtes Heu zertrennte, und Bert sah seitwärts zu seinem Vater auf, mit einem erleichterten Grinsen.

«Los, schneide einen Ballen heraus», sagte Rummins, der immer noch unbeweglich dastand.

Bert machte einen zweiten senkrechten Einschnitt, ebenso tief wie der erste; dann stieg er herunter und zerrte an dem Ballen Heu, so daß er wie ein Stück Kuchen aus dem übrigen Stock herauskam und zu seinen Füßen in den Wagen fiel.

Da schien der Junge plötzlich wie erstarrt; mit aufgerissenen Augen schaute er auf die soeben freigewordene Stelle im Heustock, als wolle er es nicht wahrhaben, was er entzweigeschnitten hatte.

Rummins, der genau wußte, was es war, hatte sich abgewandt und kletterte auf der andern Seite eiligst herunter. Er entfernte sich so schnell, daß er schon durchs Gatter und mitten auf der Straße war, als Bert anfing zu schreien.

HODDY

Sie stiegen aus dem Auto und traten in den Eingang von Hoddys Haus.

«Mir schwant, Vater wird dich heute Abend gründlich ausfragen», sagte Clarice leise.

«Worüber denn, Clarice?»

«Das Übliche. Berufsaussichten und dergleichen. Und ob du mich erhalten kannst, wie es sich gehört.»

«Dafür sorgt Jackie», sagte Claud. «Wenn Jackie siegt, brauche ich überhaupt nicht mehr zu arbeiten.»

«Daß du mir meinem Vater gegenüber ja nichts von

Jackie erwähnst, Claud Cubbage, sonst ist alles aus. Wenn es etwas gibt, das er nicht ausstehen kann, dann sind es Windhunde. Vergiß das ja nicht.»

«O je.»

«Erzähl ihm etwas anderes, irgend etwas, ganz gleich was, solange es ihm Freude macht, nicht?» Und damit führte sie Claud ins Wohnzimmer.

Hoddy war Witwer und trug stets eine säuerliche Miene zur Schau; ewige Mißbilligung stand ihm an die Stirn geschrieben. Er hatte die kleinen, eng aneinandergereihten Zähne seiner Tochter Clarice, denselben mißtrauischen, in sich gekehrten Blick, aber nichts von ihrem frischen und lebenslustigen Wesen, nichts von ihrer Wärme. Er war ein kleiner, verschrumpelter, saurer Apfel von einem Menschen, und was ihm an Haaren verblieben war, etwa ein Dutzend schwarze Strähnen, hatte er sich quer über den kahlen Schädel gepappt. Dabei war dieser Hoddy etwas Besseres, er war Verkäufer in einem Lebensmittelgeschäft und trug bei der Arbeit einen makellosen weißen Berufsmantel. So kostbare Waren wie Butter und Zucker gingen massenhaft durch seine Hände; bei allen Hausfrauen im Dorf stand er in hohem Ansehen, ja sie lächelten ihm sogar zu.

Claud Cubbage war es nie ganz wohl in diesem Haus, und das war genau, wie Hoddy es haben wollte. Jetzt saßen sie im Wohnzimmer um das Kaminfeuer herum, mit Teetassen in der Hand, Hoddy im besten

Sessel rechts vom Feuer, Claud und Clarice auf dem Sofa, in geziemendem Abstand. Die jüngere Tochter, Ada, saß auf einem gewöhnlichen Stuhl zur Linken; sie bildeten also einen kleinen Halbkreis ums Kaminfeuer, während sie da steif und zimperlich ihren Tee schlürften.

«Gewiß, Herr Hoddy», ließ Claud sich eben vernehmen, «Sie können es mir glauben, Gordon und ich haben schon jetzt eine ganze Anzahl hübscher kleiner Einfälle auf Lager. Es handelt sich nur darum, abzuwarten und zu sehen, was sich am ehesten lohnt.»

«Was für Einfälle?» fragte Hoddy, wobei er seinen mißbilligenden Blick auf Claud heftete.

«Ah, das ist es eben, nicht wahr.» Unbehaglich rutschte Claud auf dem Sofa umher. Sein blauer Anzug war eng um die Brust und spannte zwischen den Beinen, doch getraute er sich nicht, die Hosenbeine herunterzuzupfen.

«Dieser Mann, Gordon, sagten Sie, ich dachte, der habe hier ohnehin ein gutes Auskommen», bemerkte Hoddy. «Warum will er etwas anderes?»

«Ganz richtig, Herr Hoddy. Es ist eine erstklassige Existenz. Anderseits ist es immer gut, an Erweiterung zu denken. Man muß sich etwas einfallen lassen. Etwas, woran ich mich beteiligen kann, damit für mich auch etwas abfällt.»

«Zum Beispiel?»

Hoddy verzehrte ein Stück Napfkuchen, das er rings-

53

um anknabberte; sein kleiner Mund war wie der einer Raupe, die vom Rand eines Blattes ein winziges, halbrundes Scheibchen herausbeißt.

«Zum Beispiel?» fragte er nochmals.

«Täglich, Herr Hoddy, halten Gordon und ich lange Besprechungen über diese verschiedenen Angelegenheiten ab.»

«Zum Beispiel?» wiederholte Hoddy unerbittlich.

Clarice warf Claud von der Seite her einen ermunternden Blick zu. Claud sah Hoddy groß an und schwieg. Er schätzte es gar nicht, so herumgeschubst und ausgefragt zu werden, als wäre er ein kleines Würstchen.

«Zum Beispiel?» fragte Hoddy schon wieder, und diesmal merkte Claud, daß er sich nicht mehr drücken konnte. Auch warnte ihn sein Spürsinn, daß der andere eine Entscheidung herbeiführen wollte.

«Na ja», sagte er und holte Atem. «Auf Einzelheiten möchte ich eigentlich nicht eingehen, bevor wir uns im klaren sind. Vorläufig lassen wir uns einfach dies und das durch den Kopf gehen.»

«Ich möchte ja nur wissen», sagte Hoddy gereizt, «um welche Art von Geschäften es sich handelt. Hoffentlich keine Schiebung.»

«Aber ich bitte Sie, Herr Hoddy! Sie glauben doch nicht, daß wir etwas Unrechtmäßiges auch nur in Betracht ziehen?»

Hoddy schnaubte, wobei er bedächtig in seinem Tee

rührte und Claud nicht aus den Augen ließ. Clarice saß stumm und verängstigt da und schaute ins Feuer.

«Ich war nie dafür, einen eigenen Laden aufzumachen», erklärte Hoddy, um seinen eigenen Mangel an Unternehmungsgeist zu rechtfertigen. «Eine gute, geachtete Stellung ist alles, was einer braucht. Eine anständige Stellung in anständigen Verhältnissen. Zuviel Hokuspokus im Geschäftsleben, nach meinem Geschmack.»

«Die Sache ist die», sagte Claud aufs Geratewohl, «ich will ja nur, daß ich meiner Frau einmal alles verschaffen kann, was sie sich wünscht. Ein eigenes Heim und Möbel und einen Blumengarten und eine Waschmaschine und überhaupt alles, was gut und teuer ist. Das ist es, was ich anstrebe, und mit einem gewöhnlichen Salär läßt sich das nicht machen, nicht? Man kann unmöglich genug Geld verdienen, wenn man nicht einen eigenen Handel aufzieht, Herr Hoddy. Das werden Sie doch zugeben?»

Hoddy, der seiner Lebtag für ein gewöhnliches Salär gearbeitet hatte, vermochte diesem Gesichtspunkt nicht viel abzugewinnen.

«Wollen Sie damit sagen, daß ich meiner Familie nicht alles verschaffe, was sie braucht?»

«Oh, doch, und noch einiges dazu», bestätigte Claud eiligst. «Aber Sie haben ja auch eine sehr gehobene Stellung, Herr Hoddy, und das ist natürlich etwas anderes.»

56

«Was für eine Art von Handel haben Sie denn im Auge?»

Claud schlürfte seinen Tee, um noch etwas Zeit zu gewinnen, und fragte sich unwillkürlich, was für ein Gesicht der alte Korinthenkacker machen würde, wenn er einfach mit der Wahrheit herausrückte und ihm sagte, ‹was wir haben, Herr Hoddy, wenn Sie es unbedingt wissen wollen, das ist ein Paar Windhunde, die sich zum Verwechseln ähnlich sehen, und mit denen werden wir das größte Ding drehen, das es in der Geschichte der Hunderennen je gegeben hat. Doch›, dachte Claud bei sich, ‹das Gesicht möchte ich gerne sehen, das der alte Korinthenkacker macht, falls ich ihm das rundheraus sage.›

Alle saßen mit einer Tasse Tee in der Hand da und schauten ihn erwartungsvoll an. Er mußte etwas sagen, und zwar etwas Gutes. «Nun», fing er in gedehntem Ton an, weil er immer noch angestrengt nachdachte, «ich trage mich schon lange mit dem Gedanken an etwas, womit sich noch mehr verdienen läßt als mit Gordons Okkasionswagen oder mit sonstwas, und Kapital braucht es so gut wie gar keins dazu.» Das war schon besser, sagte sich Claud, nur weiter so.

«Und was wäre das?»

«Etwas so Ausgefallenes, Herr Hoddy, daß unter Tausenden es kaum einer auch nur glauben würde.»

«Also, was denn?» Behutsam stellte Hoddy seine Tasse auf das Tischchen neben ihm und beugte sich zu

Claud hinüber. Und Claud wußte deutlicher als je, daß dieser Mensch und alle seinesgleichen ihm feind waren. Es lag an den Hoddys dieser Welt. Sie waren alle gleich. Er kannte sie, mit ihren sauberen, aber häßlichen Händen, ihrer fahlen Gesichtsfarbe, ihrem mickrigen Mund, ihrem Hang zum Schmerbauch; und dabei immer diese gerümpfte Nase, das schwächliche Kinn, der mißtrauische Blick. Die Hoddys. Du lieber Himmel.

«Also, was denn?»

«Es ist eine absolute Goldgrube, Herr Hoddy, glauben Sie mir.»

«Glauben werde ich es, wenn ich es gehört habe.»

«Es ist etwas so Einfaches und Erstaunliches, daß die meisten es für nicht der Mühe wert halten würden.» Jetzt hatte er's – etwas, woran er tatsächlich schon lange allen Ernstes dachte. Er stellte seine Teetasse sorgfältig neben die seines Gegenübers, und da er nun nicht mehr wußte, was mit seinen Händen anfangen, legte er sie flach auf die Knie.

«Also, heraus damit, was ist es denn?»

«Es handelt sich um Maden», erwiderte Claud leise.

Hoddy fuhr zurück, als hätte ihm jemand Wasser ins Gesicht gespritzt. «Maden!» sagte er entgeistert. «*Maden!* Was in aller Welt soll denn das heißen, Maden?» Claud hatte vergessen, daß schon das Wort ‹Maden› in einem anständigen Lebensmittelgeschäft verpönt ist. Ada kam ein Kichern an, aber Clarice warf ihr einen so bösen Blick zu, daß es nicht weit gedieh.

«Damit läßt sich Geld scheffeln, mit einer Madenfabrik.»

«Soll das ein Witz sein?»

«Es klingt vielleicht etwas seltsam, Herr Hoddy, aber nur, weil Sie noch nie davon gehört haben; in Wirklichkeit ist es eine kleine Goldgrube.»

«Eine *Madenfabrik*! Also hören Sie, Cubbage! Das gibt's doch nicht.»

Clarice hatte es nicht gern, wenn ihr Vater ihn Cubbage nannte.

«Haben Sie denn noch nie von einer Madenfabrik gehört, Herr Hoddy?»

«Sicher nicht.»

«Es gibt sie aber, richtige große Betriebe mit Direktoren und Vizedirektoren und allem, was dazu gehört.

Ich kann Ihnen sagen, Herr Hoddy, da werden Millionen verdient.»

«Ach was.»

«Und wissen Sie, wieso?» Claud hielt inne, aber es fiel ihm nicht auf, daß sich das Gesicht seines Zuhörers allmählich verfärbte. «Wegen der gewaltigen Nachfrage nach Maden, Herr Hoddy.»

Hoddy hörte unterdessen noch andere Stimmen, die Stimmen seiner Kundinnen am Ladentisch – die von Frau Rabbits zum Beispiel, wenn er ihr die Butterration zuteilte, Frau Rabbits mit der behaarten Oberlippe, die immer so laut redete und sagte, ‹na, so was›; er hörte sie förmlich, wie sie jetzt sagte, ‹na so was, Herr Hoddy, Ihre Clarice hat scheint's letzte Woche geheiratet, wie? Das hört man gern, und was, sagten Sie, ist ihr Mann von Beruf?›

‹Er betreibt eine Madenfabrik, Frau Rabbits.›

‹Nein danke›, sagte er sich und bedachte Claud mit einem feindseligen Blick. ‹Nein, danke recht sehr. Das brauchen wir nicht.›

«Ich kann nicht behaupten», sagte er schnippisch, «daß ich je Veranlassung gehabt hätte, eine Made zu kaufen.»

«Was das anbetrifft, Herr Hoddy, ich auch nicht. Und noch viele andere auch nicht. Aber ich möchte Sie da etwas fragen, wenn ich darf. Wie oft hatten Sie schon Veranlassung, zum Beispiel . . . ein Zahnrad zu kaufen?»

Das war eine geschickte Frage, und Claud gestattete sich ein leises Lächeln.

«Was hat denn das mit Maden zu tun?»

«Nur soviel, daß der eine das, der andere etwas anderes kauft. Sie haben noch nie ein Zahnrad gekauft, aber das heißt nicht, daß es nicht Leute gibt, die reich werden, indem sie Zahnräder herstellen. Es gibt sie nämlich. Und mit den Maden verhält es sich ebenso.»

«Würden Sie mir bitte sagen, wer diese unsympathischen Leute sind, die Maden kaufen?»

«Maden werden von Anglern gekauft, Herr Hoddy. Von den Sonntagsanglern. Es gibt im ganzen Land Tausende und Abertausende von Leuten, die jedes Wochenende angeln gehen, und alle brauchen sie Maden. Und sie lassen es sich etwas kosten. Gehen Sie an einem Sonntag irgendwo den Fluß entlang, oberhalb Marlow, und Sie werden sie reihenweise am Ufer sitzen sehen. Einer neben dem andern sitzen sie da, an beiden Ufern.»

«Diese Leute kaufen keine Maden. Sie gehen in den Garten und graben Würmer aus.»

«Da irren Sie sich, Herr Hoddy. Nehmen Sie's mir nicht übel, aber da irren Sie sich gründlich. Maden brauchen sie, nicht Würmer.»

«Auch ihre Maden können sie sich selber beschaffen.»

«Wollen sie aber nicht. Stellen Sie sich doch vor, Herr Hoddy, es ist Samstagnachmittag, und Sie wollen angeln gehen, und die Post bringt Ihnen eine feine, saubere Dose Maden, die Sie bloß in die Tasche zu stecken brauchen, und es kann losgehen. Sie glauben doch nicht, daß einer nach Würmern gräbt und Maden zusammensucht, wenn er sie für einen Shilling oder zwei ins Haus geliefert bekommt, wie?»

«Darf ich mich erkundigen, wie Sie diese Maden-fabrikation aufzuziehen gedenken?» Wenn er das Wort ‹Maden› aussprach, war es, als spuckte er etwas Saures aus.

«Nichts leichter, als eine Madenfabrikation aufzu-ziehen.» Claud wurde allmählich wieder selbstsicher und kam ins Reden. «Man braucht lediglich ein paar alte Ölfässer und einige Klumpen verdorbenes Fleisch oder einen Schafskopf; die tut man in das Ölfaß, und das ist alles, was man zu tun hat. Das übrige besorgen die Fliegen.»

Hätte er auf Hoddys Miene geachtet, wäre ihm wahrscheinlich das Reden vergangen.

«So leicht, wie es sich anhört, ist es natürlich auch wieder nicht. Man muß die Maden mit einer besonde-ren Kost mästen. Kleie und Milch. Und wenn sie dann groß und dick werden, verpackt man sie in Dosen und verschickt sie an die Kunden. Fünf Shilling die Dose bringen sie ein. *Fünf Shilling die Dose!*» rief er und schlug sich aufs Knie. «Stellen Sie sich das vor, Herr Hoddy. Dabei heißt es, eine einzige Schmeißfliege lege ohne weiteres genug für zwanzig Dosen!»

Wieder hielt er inne, aber nur, um seine Gedanken zu sammeln, denn jetzt gab es kein Halten mehr.

«Und dann noch etwas, Herr Hoddy. Eine gute Madenfabrik züchtet nicht nur gewöhnliche Maden. Jeder Angler hat da seinen eigenen Geschmack. Maden werden am meisten verlangt, aber es gibt auch noch den Sandwurm. Manche Fischer wollen überhaupt nur Sandwürmer. Und dann gibt es natürlich gefärbte Maden. Gewöhnlich sind Maden weiß, aber sie lassen sich in allen möglichen Farben züchten, je nachdem, was man ihnen verfüttert. Rote und grüne und schwarze, ja, man kann sie sogar blau haben, wenn man weiß, wie man sie behandeln muß. Das ist allerdings das Schwierigste, Herr Hoddy, eine blaue Made.»

Claud hatte sich außer Atem geredet. Er sah jetzt ein Traumbild vor sich, wie immer in solchen Fällen, das Bild eines riesigen Fabrikgebäudes mit hohen Schornsteinen und Hunderten von Arbeitern, die vergnügt durch die breiten, schmiedeeisernen Tore hineinströmten, während er selber in seinem üppig ausgestatteten Büro saß und den Betrieb mit Gelassenheit leitete.

«Es gibt kluge Köpfe, die sich gegenwärtig mit diesen Dingen beschäftigen», fuhr er fort. «Es gilt also rasch handeln, wenn man nicht das Nachsehen haben will. Das ist das Geheimnis des Erfolgs, Herr Hoddy, rasch handeln, ehe einem jemand zuvorkommt.»

Clarice, Ada und ihr Vater saßen völlig reglos da und schauten vor sich hin. Niemand rührte sich oder sprach auch nur ein Wort. Claud dagegen war noch nicht zu Ende.

«Wichtig ist, daß die Maden noch leben, wenn man sie verschickt. Sie müssen sich winden. Maden nützen nichts, wenn sie sich nicht winden. Und wenn wir dann groß herauskommen, wenn wir etwas Kapital beisammen haben, dann erstellen wir Treibhäuser.»

Er legte eine Pause ein und fuhr sich übers Kinn. «Sie wundern sich wohl alle, wozu man in einer Madenfabrik Treibhäuser braucht. Nun, ich will es Ihnen sagen. Die sind für die Fliegen im Winter. Für die Fliegen muß im Winter gesorgt werden, das ist wesentlich.»

«Danke, ich glaube, das genügt, Cubbage», sagte Hoddy plötzlich.

Claud schaute auf, und zum erstenmal bemerkte er, was für ein Gesicht Hoddy machte. Es verschlug ihm die Sprache.

«Ich will nichts weiter davon hören», sagte Hoddy.

«Ich möchte ja bloß Ihrer Tochter alles verschaffen können, was sie sich wünschen kann», rief Claud. «Das ist es, was mich Tag und Nacht beschäftigt, Herr Hoddy.»

«Dann kann ich nur hoffen, daß Sie es ohne Mithilfe von Maden fertigbringen.»

«Vater!» rief Clarice. «So darfst du mit Claud nicht reden.»

«Ich rede mit ihm, wie es mir paßt, merk dir das.»

«Es ist wohl Zeit, daß ich aufbreche», erklärte Claud. «Gute Nacht.»

DAS HUNDERENNEN

Beide waren wir früh auf, als der große Tag kam.

Ich begab mich gemächlich in die Küche, um mich zu rasieren, doch Claud zog sich sogleich an und ging hinaus, um das mit dem Stroh zu erledigen. Die Küche befand sich vorne im Haus, und so konnte ich durchs Fenster die Sonne über die Baumwipfel auf der andern Seite des Tales heraufkommen sehen.

Jedesmal, wenn Claud mit einem Armvoll Stroh am Fenster vorbeikam, gewahrte ich über den Rand des Spiegels hinweg, wie atemlos gespannt sein Gesichts-

ausdruck war und wie er den großen runden Kopf mit
der bis hinauf zum Haaransatz gerunzelten Stirn nach
vorne reckte. Erst einmal hatte ich ihn so gesehen, und
das war an dem Abend, als er Clarice seinen Heirats-
antrag machte. Heute war er so aufgeregt, daß er sogar
einen komischen Gang hatte; er ging auf luftigen Sohlen, als sei der Betonboden um die Tankstelle etwas zu
heiß für ihn. Immer mehr Stroh schaffte er hinten in
den Lieferwagen hinein, um es für Jackie bequem zu
machen.

Dann kam er in die Küche, um das Frühstück zu be-
reiten, und ich schaute ihm zu, wie er den Topf Suppe
auf den Herd stellte und anfing umzurühren. Er hatte
einen langen Kochlöffel und rührte immer weiter, während es im Topf zu brodeln begann, und jede halbe
Minute beugte er sich einmal darüber und steckte die
Nase in den süßlichen Dampf des kochenden Pferde-
fleisches. Dann machte er sich daran, die Zugaben hin-
einzutun – drei geschälte Zwiebeln, ein paar junge
Steckrüben, eine Tasse voll Brennesselköpfe, einen
Kaffeelöffel Valentins Fleischextrakt, zwölf Tropfen
Lebertran – und alles, was durch seine klobigen Hände
ging, faßte er höchst behutsam an, als sei es etwas Zer-
brechliches. Dann holte er ein wenig gehacktes Pferdefleisch aus dem Kühlschrank, tat eine Handvoll davon
in Jackies Schüssel, drei in die andere, und als die Suppe fertig war, verteilte er sie auf die beiden Schüsseln,
indem er sie über das Fleisch goß.

Seit fünf Monaten fand diese Zeremonie jeden Morgen statt, aber noch nie hatte ich ihn dabei so innig vertieft gesehen. Er sagte kein Wort, sah sich nicht einmal nach mir um, und als er sich abwandte und wieder hinausging, um die Hunde hereinzuholen, schienen sogar Genick und Schulter zu raunen: ‹O Gott, laß heute nichts schiefgehen, und vor allem – laß mich heute nichts falsch machen.›

Ich hörte ihn draußen im Gehege leise mit den Hunden sprechen, während er sie an die Leine nahm, und als er sie in die Küche brachte, kamen sie leichtbeschwingt herein und zerrten an der Leine, um zu ihrer Schüssel zu gelangen, wobei sie abwechselnd eine Vorderpfote hoben und mit dem mächtigen Schwanz hin und her schlugen.

Endlich tat Claud den Mund auf. «Also», sagte er, «welcher ist's?»

Meistens war er am Morgen bereit, ein Päckchen Zigaretten zu wetten, doch heute ging es um mehr; ich wußte, jetzt war es ihm lediglich um eine nochmalige Bestätigung zu tun.

Er sah mir zu, während ich einmal um die beiden schönen, großen, genau gleich schwarzen Windhunde herumging; damit ich sie besser sehen konnte, trat er zur Seite und hielt die Leine auf Armeslänge von sich weg.

Ich versuchte es mit dem alten Trick, der noch nie verfangen hatte. «Jackie!» rief ich. «Hei, Jackie!» Zwei

genau gleiche Köpfe mit genau dem gleichen Ausdruck wandten sich nach mir um, vier glänzende, genau gleich braune Augen schauten mich an. Es hatte eine Zeit gegeben, wo ich mir eingebildet hatte, die Augen des einen seien etwas dunkler als die des andern. Auch hatte es eine Zeit gegeben, wo ich glaubte, Jackie sei an einem größeren Brustkasten zu erkennen und an einer Spur mehr Muskeln am Hinterteil. Aber dem war nicht so.

«Sag schon», drängte Claud. Er hoffte, ich würde gerade heute danebenraten.

«Dieser», sagte ich. «Dies hier ist Jackie.»

«Welcher?»

«Dieser hier links.»

«Na also», rief er und strahlte über das ganze Gesicht. «Wieder falsch geraten!»

«Ich glaube nicht.»

«Grundfalsch. Und jetzt paß auf, Gordon, ich will
dir was sagen. Die ganzen Wochen hindurch, jeden
Morgen, wo du versucht hast, ihn zu erkennen – weißt
du was?»

«Was denn?»

«Ich habe Buch geführt. Und das Ergebnis ist, nicht
mal in der Hälfte aller Fälle hast du richtig geraten.
Geradesogut hättest du Hälmchen ziehen können.»

Das hieß, wenn ich, der ich sie täglich und nebeneinander sah, die beiden nicht unterscheiden konnte, was
in aller Welt hatten wir von Feasey zu befürchten?
Feasey war zwar berühmt für seine Fähigkeit, Doppelgänger auseinanderzuhalten, aber wie sollte er einen
Unterschied feststellen, wenn es keinen gab?

Claud stellte die beiden Schüsseln auf den Boden.
Jackie erhielt die, in der weniger Fleisch war, da er
heute am Rennen teilnahm.

Als Claud zurücktrat, um die Hunde beim Fressen zu
beobachten, machte er wieder eine bekümmerte Miene,
und die großen hellen Augen waren mit demselben
hingerissenen und liebevollen Blick auf Jackie gerichtet, der bis vor kurzem Clarice allein vorbehalten gewesen war.

«Siehst du, Gordon», meinte er, «ich hab's ja immer
gesagt. In den letzten hundert Jahren hat es alle möglichen Doppelgänger gegeben, vollkommene und man-
gelhafte, aber seit es Windhundrennen gibt, haben sich

72

noch nie zwei Tiere so zum Verwechseln ähnlich gesehen.»

«Hoffentlich hast du recht», bemerkte ich und dachte unwillkürlich an jenen bitterkalten Nachmittag vor vier Monaten, kurz vor Weihnachten war es, als Claud sich den Lieferwagen ausborgte und in der Richtung nach Aylesbury wegfuhr, ohne zu sagen, wohin er ging. Ich hatte angenommen, er habe eine Verabredung mit Clarice, aber gegen Abend war er zurückgekehrt und hatte diesen Hund mitgebracht, von dem er sagte, er habe ihn jemand für fünfunddreißig Shilling abgekauft.

«Ist er schnell?» hatte ich gefragt. Wir standen draußen bei den Tanksäulen. Claud hielt den Hund an der Leine und betrachtete ihn, und ein paar Schneeflocken schwebten hernieder auf den Rücken des Hundes. Der Motor des Wagens lief noch.

«Schnell!» hatte Claud gesagt. «Das ist ungefähr der langsamste Hund, den es je gegeben hat.»

«Wozu hast du ihn dann gekauft?»

«Weißt du», hatte er mit verschmitzter Miene gesagt, «ich dachte, er sieht Jackie vielleicht ein bißchen ähnlich. Findest du nicht?»

«Doch, ja, nicht unähnlich, wenn man's bedenkt.»

Er hatte mir die Leine übergeben, und ich hatte den Hund ins Haus gebracht, um ihn abzutrocknen, während Claud zum Gehege gegangen war, um seinen Liebling zu holen. Und als er zurückkam und wir die beiden zum erstenmal nebeneinander sahen, da weiß ich noch, wie er zurücktrat und sagte: «Mensch», und bockstill stand, als stehe er vor etwas Unwirklichem. Dann wurde er auf einmal sehr betriebsam und still. Er ließ sich auf die Knie nieder und begann die beiden Punkt für Punkt sorgfältig zu vergleichen, und es war, als werde es immer wärmer im Zimmer, je mehr sich seine Aufregung steigerte, während er die beiden Hunde untersuchte; selbst die Klauen und Afterklauen, achtzehn an jedem Hund, wurden auf die Farbe hin genau nebeneinandergehalten.

Schließlich war er aufgestanden. «Geh mit ihnen bitte ein paarmal auf und ab», sagte er. Dann hatte er volle fünf oder sechs Minuten am Herd gestanden, hatte sie betrachtet, hatte die Stirn gerunzelt und an der Unterlippe gekaut. Und dann, als glaube er immer noch nicht, was er das erste Mal festgestellt hatte, war er wieder hingekniet, um alles nochmals zu überprüfen; doch mittendrin war er plötzlich aufgesprungen und hatte mich unverwandt angeschaut, merkwürdig bleich um Nase und Augen.

«Weißt du, was das bedeutet?» hatte er mit belegter Stimme gesagt. «Wir haben's geschafft. Wir sind reich.»

Und dann begannen die geheimen Besprechungen zwischen uns in der Küche, das Festlegen der Einzelheiten, die Auswahl des günstigsten Rennplatzes. Schließlich machten wir jeden zweiten Samstag, insgesamt achtmal, die Tankstelle zu, wobei ich die Einnahmen eines ganzen Nachmittags drangab, und fuhren mit dem Doppelgänger bis nach Oxford hinaus zu einem mickrigen kleinen Rennplatz im Gelände bei Headingley, wo massenhaft Geld umgesetzt wurde, obwohl das Ganze aus nichts als einer Reihe alter Pfosten und einer Leine bestand, um das Geläuf abzustecken, einem auf dem Kopf gestellten Fahrrad, mit dem der ‹Hase› in Bewegung gesetzt wurde, und am andern Ende, in der Ferne, sechs Startklappen. Achtmal in sechzehn Wochen hatten wir den Doppelgänger dorthin gefahren und ihn bei Feasey angemeldet und hatten dann in der Kälte und im Regen am Rande der Menge gewartet, bis sein Name mit Kreide an die Startertafel geschrieben wurde. ‹Schwarzer Panther› nannten wir ihn. Und wenn er an die Reihe kam, führte ihn Claud jeweils zum Start, und ich stand am Ziel, um ihn in Empfang zu nehmen und vor den Raufbolden zu schützen, den Hunden, die die Zigeuner oft eigens dazu einschmuggelten, damit sie am Schluß eines Rennens einen andern in Stücke rissen.

In gewissem Sinne war es allerdings betrüblich, diesen Hund so oft dorthin zu bringen und ihn rennen zu lassen, in der Hoffnung, er werde unter allen Umständen als letzter kommen. In Wirklichkeit hatten wir natürlich gar nichts zu befürchten; das gute Tier konnte einfach nicht schnell laufen, daran gab es nichts zu rütteln. Das einzige Mal, wo er nicht als letzter kam,

war damals, als ein großer, rehbrauner Hund namens
Amber Flash mit dem Fuß in ein Loch geriet und sich
ein Gelenk brach, so daß er auf drei Beinen durchs Ziel
ging. Doch selbst so schlug ihn der unsere nur knapp.
Auf diese Art brachten wir es fertig, daß er mit der
Zeit ganz unten durch war, und das letzte Mal, als wir
hingingen, bewerteten ihn alle Buchmacher mit zwanzig oder dreißig zu eins und riefen seinen Namen aus
und redeten den Leuten zu, auf ihn zu setzen.

Jetzt endlich, an diesem sonnigen Apriltag, war
Jackie an der Reihe. Claud meinte, wir dürften den andern nicht mehr einsetzen; Feasey könnte am Ende
seiner überdrüssig werden und ihn gar nicht mehr an-
nehmen, weil er so langsam war. Er hielt dafür, jetzt
sei der Augenblick gekommen, das Ding zu drehen;
Jackie werde mit mindestens dreißig bis fünfzig Längen Vorsprung siegen.

Er hatte Jackie von jungem Alter an aufgezogen;
auch jetzt war er erst fünfzehn Monate alt, aber er lief
gut und schnell. An einem Rennen hatte er zwar noch
nie teilgenommen, aber wir wußten, daß er schnell
war, weil Claud seine Leistung auf der Rennbahn einer
kleinen privaten Dressuranstalt in Uxbridge mit der
Stoppuhr gemessen hatte, wohin er ihn jeden Sonntag
brachte, seit er sieben Monate alt war, außer einmal,
als er gerade geimpft worden war. Claud meinte, er sei
wahrscheinlich nicht schnell genug, um sich bei Feasey
mit den besten Hunden zu messen, aber so, wie er jetzt

76

eingestuft sei, in der untersten Klasse bei den Außenseitern, werde er das Rennen ohne weiteres mit zwanzig oder jedenfalls mit zehn oder fünfzehn Längen Vorsprung machen.

An diesem Vormittag brauchte ich also nur noch auf die Bank im Ort zu gehen und fünfzig Pfund für mich abzuheben und fünfzig für Claud, als Vorschuß auf seinen Lohn, und dann um zwölf den Laden zuzumachen und das Täfelchen HEUTE GESCHLOSSEN an eine der Tanksäulen zu hängen. War dann der Doppelgänger im Gehege eingesperrt und Jackie im Lieferwagen untergebracht, dann konnte es losgehen. Ich will nicht behaupten, daß ich so aufgeregt gewesen wäre wie Claud, aber schließlich hing für mich auch nicht so viel davon ab wie für ihn, der ein Haus kaufen und heiraten wollte. Auch war ich nicht gewissermaßen in einem Hundezwinger mit Windhunden aufgewachsen wie er, der tagaus, tagein an nichts anderes dachte, höchstens vielleicht abends an Clarice. Ich hatte als Besitzer einer Tankstelle gerade genug zu tun, vom Handel mit Okkasionswagen ganz zu schweigen, aber wenn Claud sich mit Hunden abgeben wollte, war mir das lange recht, namentlich ein Ding wie das heute – falls es klappte. Ich muß allerdings gestehen, wenn ich an das Geld dachte, das wir aufs Spiel setzten, und an den Betrag, der möglicherweise dabei herausschaute, dann hatte ich jedesmal so ein gewisses Gefühl in der Magengrube.

Die Hunde waren jetzt mit ihrem Fressen fertig, und Claud ging mit ihnen hinaus zu einem kurzen Lauf über die benachbarte Wiese, während ich mich anzog und die Spiegeleier zubereitete.

Nachher begab ich mich auf die Bank und hob das Geld ab, alles in Pfundnoten, und der Rest des Vormittags schien mit der Bedienung von Kunden sehr rasch zu vergehen.

Punkt zwölf sperrte ich zu und hängte das Täfelchen an die Tanksäule. Claud kam mit Jackie ums Haus herum, ein rotbraunes Pappköfferchen in der Hand.

«Ein Koffer?»

«Für das Geld», erklärte Claud. «Du hast selber gesagt, zweitausend Pfund kann man nicht in den Taschen verstauen.»

Es war ein schöner Frühlingstag, überall den Hecken entlang platzten die Knospen, und die Sonne schien durch das neue hellgrüne Laub der großen Buche auf der andern Seite der Straße. Jackie sah wunderbar aus, mit den mächtigen, harten Muskeln, groß wie Melonen, die sich an seinem Hinterteil abzeichneten, und dem sammetschwarz glänzenden Fell. Während Claud des Köfferchen in den Wagen stellte, vollführte der Hund ein Tänzchen auf luftigen Pfoten, um zu zeigen, wie prächtig er in Form war; dann schaute er zu mir auf und grinste, als wisse er, daß es zu einem Rennen ging, wo es zweitausend Pfund und massenhaft Ruhm einzuheimsen galt. Jackie hatte das menschenähnlichste Grinsen, das mir je vorgekommen war. Er zog nicht nur die Oberlippe an, sondern verzog tatsächlich auch die Maulwinkel, so daß man sein ganzes Gebiß sah, außer vielleicht die hintersten Backenzähne. Ich gewärtigte jedesmal, ihn auch noch laut herauslachen zu hören.

Wir stiegen in den Lieferwagen und fuhren weg. Ich saß am Steuer, Claud neben mir, und Jackie stand hinten auf dem Stroh und schaute über unsere Schultern hinweg durch die Windschutzscheibe, obwohl Claud ihm immer wieder zuredete, er solle sich hinlegen, damit ihm nichts geschah, wenn es scharf um die Kurve ging. Doch der Hund war viel zu erregt; er grinste bloß und wedelte mit dem gewaltigen Schwanz.

«Hast du das Geld, Gordon?» Claud steckte sich eine Zigarette nach der andern an und konnte nicht stillsitzen.

«Gewiß.»

«Meines auch?»

«Insgesamt hundertfünf Pfund. Fünf für den Aufwickler, wie du gesagt hast, damit er den Hasen nicht anhält und das Rennen ungültig macht.»

«Gut», sagte Claud und rieb sich die Hände, als friere er. «Gut, gut, gut.»

Wir kamen durch die schmale Hauptstraße von Great Missenden, wo wir den alten Rummins in eine Wirtschaft hineingehen sahen, zu seinem Morgenbier; dann, hinter dem Dorf, bogen wir nach links ab und gelangten über den Hügelzug der Chilterns nach Princes Risborough, von wo es nur noch etwas mehr als zwanzig Meilen waren nach Oxford.

Und nun kam eine stille und gespannte Stimmung auf. Ohne ein Wort zu sprechen, saßen wir da; jeder hing seinen eigenen Befürchtungen und Erwartungen nach und behielt seine Besorgnis für sich. Claud steckte sich seine Zigaretten an und warf sie halbgeraucht wieder zum Fenster hinaus. Meistens redete er sich auf diesen Fahrten die Seele aus dem Leib, den ganzen Hinweg und den ganzen Rückweg, was er mit Hunden schon alles erlebt hatte, was er geleistet hatte und wo er schon überall gewesen war und was er dabei verdient hatte und was andere mit den Hunden anstellten, die Gaunereien, Grausamkeiten und die unglaublichen Kniffe und Finten der Hundebesitzer auf den minderen Rennplätzen. Doch heute getraute er sich wohl nicht, viel zu reden. Ich übrigens auch nicht. Ich saß da, achtete auf die Straße und suchte die Gedanken an das, was uns bevorstand, zu verscheuchen, indem ich mir durch den Kopf gehen ließ, was mir Claud schon alles von dem Rummel der Windhundrennen erzählt hatte.

Es gab bestimmt niemand, der mehr davon verstand als Claud, und seit wir den Doppelgänger hatten und übereingekommen waren, dieses Ding zu drehen, hatte er es sich angelegen sein lassen, mich in dieser Sache auszubilden. Ich verstand nachgerade, wenigstens theoretisch, fast ebensoviel davon wie er.

Das hatte schon bei der ersten Besprechung angefangen, die wir in der Küche abhielten, einen Tag, nachdem der Doppelgänger eingetroffen war. Wir saßen da und schauten durchs Fenster nach Kunden aus, und Claud setzte mir auseinander, was für Vorkehrungen wir treffen müßten, und ich suchte ihm zu folgen, so gut ich konnte, bis ich ihn schließlich doch etwas fragen mußte.

«Was ich nicht einsehe, ist, warum du überhaupt den Doppelgänger verwendest», hatte ich gesagt. «Wäre es nicht ratsamer, wenn wir immer nur Jackie einsetzten und ihn einfach bei den ersten fünf oder sechs Rennen bremsen? Wenn es dann soweit ist, lassen wir ihm freien Lauf. Das käme doch auf dasselbe heraus, nicht, wenn wir es richtig anpacken? Und wir laufen nicht Gefahr, ertappt zu werden.»

Da war ich aber schön ins Fettnäpfchen getreten. Claud schaute mich betroffen an und sagte: «Das gibt's nicht! Laß es dir gesagt sein, ‹bremsen› ist etwas, das bei mir nicht vorkommt. Was ist nur in dich gefahren, Gordon?» Es war ihm offenbar richtig peinlich, was ich gesagt hatte.

«Ich finde da nichts bei.»

«Also hör mal, Gordon. Einen tüchtigen Hund bremsen, das bricht ihm das Herz. Ein tüchtiger Hund weiß, daß er schnell ist, und wenn er dann all die andern sieht, die ihm davonlaufen, und er kann sie nicht einholen – es bricht ihm das Herz, sag ich dir. Und außerdem würdest du nicht mit dergleichen kommen, wenn du wüßtest, was bei den Rennen alles gemacht wird, um Hunde zu bremsen.»

«Was denn zum Beispiel?»

«Ach, alles mögliche. Und es braucht viel, um einen tüchtigen Windhund zu bremsen. Die sind so darauf versessen; man kann sie nicht einmal bei einem Rennen zuschauen lassen, ohne daß sie einem die Leine aus der Hand reißen. Schon oft habe ich Hunde gesehen, die trotz einem gebrochenen Bein das Rennen unbedingt beenden wollten.»

82

Versonnen hatte er mich mit diesen großen hellen Augen angeschaut, todernst und offenbar in Gedanken. «Wenn wir die Sache richtig anpacken wollen», hatte er dann gesagt, «dann ist es vielleicht besser, ich kläre dich über ein paar Punkte auf, damit du weißt, was uns bevorsteht.»

«Schieß los», hatte ich gesagt, «kläre mich auf.»

Eine Weile schaute er schweigend zum Fenster hinaus. «Die Hauptsache, die man sich merken muß», sagte er dann, «die Kerle, die mit Hunden an diese offiziell nicht anerkannten Rennen gehen, sind gerissen. Gerissener, als du ahnst.» Abermals hielt er inne, um seine Gedanken zu sammeln.

«Da gibt es zum Beispiel die verschiedenen Arten, einen Hund zu bremsen. Das Häufigste, was gemacht wird, ist das Abschnüren.»

«Abschnüren?»

«Gewiß. Den Atem abschnüren. Das wird am häufigsten gemacht. Man schnallt ihnen dabei den Maulriemen so eng, daß sie kaum noch schnaufen können. Ein Fachmann weiß genau, welches Loch am Riemen er benützen muß und wieviel Längen es seinen Hund zurücksetzt. Zwei Löcher mehr machen meistens fünf oder sechs Längen aus. Schnallt man den Riemen noch enger, wird der Hund letzter. Ich habe es oft erlebt, daß Hunde zusammenbrachen und krepierten, weil sie bei heißem Wetter eng geschnürt waren. Erdrosselt wurden sie, regelrecht erdrosselt, und das war kein hübscher Anblick. Dann gibt es welche, die binden ihnen einfach mit schwarzem Faden zwei Zehen zusammen. Das behindert einen Hund. Stört sein Gleichgewicht.»

«Scheint mir nicht allzu schlimm.»

«Andere wiederum schieben dem Hund einen frischgekauten Gummi unter den Schwanz, ganz hinauf unter den Schwanzansatz. Und das ist nicht zum Lachen», sagte er entrüstet. «Wenn der Hund läuft, geht der Schwanz immer ein klein wenig auf und nieder, und der Gummi unter dem Schwanz klebt dann an den Körperhaaren, genau an der empfindlichsten Stelle. Daß das dem Hund nicht behagt, ist klar. Dann gibt es die Schlafpillen. Ein häufig verwendetes Mittel heute. Man bemißt es nach dem Gewicht, wie ein Arzt, je nachdem, um wieviel Längen man den Hund bremsen will, fünf oder zehn oder fünfzehn. Das sind ein paar der häufigsten Methoden», sagte Claud. «In Wirklichkeit ist das gar nichts. Rein gar nichts, verglichen mit andern Kniffen, die angewendet werden, um einen Hund langsamer laufen zu lassen. Wenn ich da an die Zigeuner denke. Was die mit den Hunden machen, ist zum Teil fast zu widerlich, um davon zu reden, zum Beispiel die Dinge, kurz bevor sie den Hund in den Klappenzwinger tun – Dinge, die man kaum seinem ärgsten Feind antun würde.»

Und als er mir davon erzählt hatte – wirklich grauenhafte Dinge, die mit rasch beigebrachten schmerzhaften Verletzungen zu tun hatten –, ging er dazu über,

84

mir auseinanderzusetzen, was alles gemacht wurde, wenn man wollte, daß der Hund siegte.

«Was alles gemacht wird, damit der Hund schneller läuft, ist genauso furchtbar wie das, was gemacht wird, damit er langsam ist. Am häufigsten wird Wintergrün verwendet. Wenn du einen Hund siehst, der keine Haare mehr auf dem Rücken hat oder kahle Stellen am ganzen Körper – das kommt vom Wintergrün. Unmittelbar vor dem Rennen reibt man es ihm tüchtig in die Haut ein. Manchmal ist es Sloanes Liniment, meistens aber Wintergrün. Sticht furchtbar. Sticht so entsetzlich, daß der Hund nur an eines denkt – laufen, laufen, laufen, so schnell er nur kann, um dem Schmerz zu entkommen. Dann gibt es besondere Einspritzungen, aber das sind moderne Methoden, und die meisten Schieber auf dem Rennplatz sind zu ungebildet, um sie anzuwenden. Die Kerle dagegen in den großen Straßenkreuzern, die aus London kommen mit Rennhunden, die sie sich für den betreffenden Tag ausgeborgt haben, indem sie die Trainer bestechen – die verwenden die Nadel.»

Ich erinnerte mich noch gut, wie er dort am Küchentisch saß, eine Zigarette zwischen den Lippen und die Augen zusammengekniffen, um den Rauch abzuhalten, und wie er mich durch die gesenkten Lider anschaute und sagte: «Was man sich merken muß, Gordon, ist folgendes. Es gibt nichts, wovor diese Schieber zurückschrecken, wenn sie wollen, daß ein Hund gewinnt. Anderseits kann kein Hund mehr hergeben, als in seinem Körper drinsteckt, ganz gleich, was man mit ihm macht. Wenn wir es also erreichen, daß Jackie in die unterste Stufe eingestuft wird, dann haben wir ausgesorgt. Kein Hund in der untersten Klasse kommt an ihn heran, auch nicht mit Einreibungen oder Einspritzungen. Nicht einmal mit Ingwer.»

«Ingwer?»

«Gewiß. Ingwer wird oft verwendet. Das geht so:

ein Stück, ungefähr so groß wie eine Baumnuß, wird etwa fünf Minuten vor dem Start in den Hund hineingesteckt.»

«Ins Maul, meinst du? Er frißt es?»

«Nein, nicht ins Maul.»

Und so war das weitergegangen. Im Laufe der acht langen Fahrten, die wir in der Folge mit dem Doppelgänger unternahmen, hatte ich noch viel mehr von diesem reizenden Sport gehört, namentlich über die Methoden des Bremsens und Beschleunigens, einschließlich der Drogen und ihrer genauen Dosierung. Auch vernahm ich von der sogenannten ‹Ratten-Behandlung›, die man Hunden angedeihen läßt, die nicht gerne jagen. Dabei wird eine Ratte in eine Blechbüchse gesteckt, die man am Hals des Hundes befestigt. Im Büchsendeckel ist ein kleines Loch, gerade groß genug, daß die Ratte ihre Schnauze hindurchstecken und den Hund beißen kann. Dieser kann aber nicht an die Ratte heran und gerät natürlich ganz außer sich, und je mehr er herumläuft und sich schüttelt, um so mehr wird er gebissen. Schließlich läßt man die Ratte los, und der Hund, der bis dahin ein braves, schwanzwedelndes Tier war, stürzt sich voller Wut auf sie und reißt sie in Stücke. Macht man das ein paarmal, hatte Claud gesagt – «selber habe ich nichts dafür übrig, wohlverstanden», dann wird der Hund zu einer mörderischen Bestie, die hinter allem und jedem herjagt, selbst hinter dem künstlichen Hasen.

87

Die Buchenwälder hatten wir jetzt hinter uns; es ging bereits durch die flache Gegend südlich von Oxford mit ihren Ulmen und Eichen. Schweigsam saß Claud neben mir, innerlich erregt, rauchte Zigaretten und wandte sich alle zwei, drei Minuten nach Jackie um. Dieser hatte sich endlich hingelegt, und jedesmal, wenn Claud sich umwandte und leise mit ihm sprach, antwortete der Hund mit einer leichten Bewegung des Schwanzes, was als Rascheln im Stroh vernehmbar war.

Bald mußten wir durch Thame kommen, durch die breite Hauptstraße, wo der Viehmarkt abgehalten wurde und einmal jährlich die Kirchweih mit Schiffsschaukel, Karussell und Skooterbahn, und den Wohnwagen der Zigeuner mitten in der Ortschaft. Claud war aus Thame gebürtig, und wir waren noch nie durch den Ort gekommen, ohne daß er diesen Umstand erwähnt hätte.

«Hier kommt Thame», bemerkte er, als die ersten Häuser auftauchten. «Mein Heimatort, Gordon.»

«Du hast es mir gesagt.»

«Viele lustige Streiche haben wir uns damals geleistet, als wir noch kleiner waren», bemerkte er etwas wehmütig.

«Kann ich mir denken.»

Er schwieg eine Weile, und dann, wohl um sich selber abzulenken, begann er mir von seinen Jugendjahren zu erzählen.

«Da war ein Junge nebenan», sagte er. «Gilbert

Gomm hat er geheißen. Kleines Spitzmausgesicht und ein Bein etwas kürzer als das andere. Gräßliche Dinge haben wir miteinander angestellt. Weißt du, was wir einmal getan haben?»

«Was denn?»

«Am Samstagabend, wenn die Eltern in der Wirtschaft saßen, gingen wir jeweils in die Küche, machten den Gasschlauch los vom Herd und ließen das Gas in eine Milchflasche voll Wasser blubbern. Dann setzten wir uns hin und tranken es aus Teetassen.»

«Schmeckte das so gut?»

«Gut! Abscheulich schmeckte es. Mit etwas Zucker ließ es sich zur Not trinken.»

«Warum habt ihr es dann getrunken?»

Claud wandte sich um und sah mich ungläubig an. «Du willst doch nicht behaupten, du hättest nie ‹Schlangenwasser› getrunken?»

«Niemals.»

«Ich dachte, das sei allgemein üblich gewesen. Es hat eine berauschende Wirkung, wie Wein, nur viel ärger, je nachdem, wie lange man das Gas hindurchblubbern läßt. Wunderbar haben wir uns da oft am Samstagabend in der Küche betrunken, bis wir nur noch herumtorkelten. Einmal ist dann Vater verfrüht nach Hause gekommen und hat uns ertappt. Den Abend vergesse ich meiner Lebtag nicht. Ich stand da mit der Milchflasche, und das Gas sprudelte fein hindurch, und Gilbert kniete am Boden, um das Gas abzustellen, sobald ich es ihm sagte, und da kommt der Vater herein.»

«Was hat er gesagt?»

«Ach, herrje, das war schrecklich. Kein Wort hat er gesagt, er stand bloß da unter der Tür und langte nach seinem Gürtel, machte langsam die Schnalle auf und zog den Gürtel langsam heraus, wobei er mich die ganze Zeit anschaute. Ein großmächtiger Mensch war er – Hände wie Hämmer, schwarzer Schnurrbart, rote Äderchen übers ganze Gesicht. Dann kam er rasch heran, packte mich beim Wickel und besorgte es mir, mit aller Kraft, und zwar mit dem Ende, wo die Schnalle dran war. Wirklich, Gordon, ich dachte, er bringt mich um. Aber zuletzt ließ er von mir ab und schnallte den Gürtel wieder um, schob das Ende in die Schlaufe und rülpste von dem Bier, das er getrunken hatte. Und dann ging er wieder in die Wirtschaft zurück, immer noch ohne ein Wort. Die schlimmste Tracht Prügel, die ich je bekommen habe.»

«Wie alt warst du damals?»

«Ungefähr acht Jahre, glaube ich.»

Als wir uns Oxford näherten, wurde Claud wieder schweigsam. Dauernd verrenkte er den Hals, um nach Jackie zu sehen und ihn am Kopf zu kraulen; einmal drehte er sich ganz um und kniete auf den Sitz, um noch mehr Stroh um den Hund zusammenzuraffen, wobei er etwas von Zugluft murmelte. Wir umfuhren Oxford und gerieten in ein Gewirr von schmalen Landstraßen, und nach einer Weile bogen wir in einen holperigen Feldweg ein, auf dem wir da und dort Männer und Frauen überholten, die zu Fuß oder mit dem Fahrrad in derselben Richtung unterwegs waren. Einige der Männer führten Windhunde an der Leine. Vor uns war eine große Limousine, in welcher wir auf dem Rücksitz einen Hund zwischen zwei Männern sitzen sahen.

«Die kommen von überall her», bemerkte Claud anzüglich. «Der da vorn ist wahrscheinlich eigens von London hergekommen. Stammt wahrscheinlich aus einem der großen Rennzwinger. Einer vom Windhund-Derby, wer weiß.»

«Hoffentlich läuft er nicht gegen Jackie.»

«Nur keine Angst», sagte Claud. «Alle neuen Hunde kommen zuerst mal in die oberste Klasse. Feasey nimmt es da sehr genau.»

Wir gelangten an ein offenes Gatter, das in eine Wiese führte, und Feaseys Frau trat heran, der wir das Eintrittsgeld entrichteten, bevor wir hineinfuhren. '

«Sie müßte auch noch als Aufwickler dienen, wenn sie kräftig genug wäre», meinte Claud. «Der alte Feasey stellt nicht mehr Leute an als unbedingt nötig.»

Ich fuhr über die Wiese und stellte den Wagen neben einer Reihe anderer Wagen ab, die oben einer Hecke entlang standen. Wir stiegen beide aus, und Claud begab sich rasch nach hinten, um Jackie zu holen, während ich neben dem Auto stehenblieb und wartete.

Es war eine große Wiese, die am einen Ende ziemlich steil anstieg, und wir befanden uns oben am Hang, von wo man auf das Ganze hinuntersah. In der Ferne erkannte ich die sechs Startklappen und die hölzernen Pfosten, mit denen das Geläuf abgesteckt war; es verlief den Wiesengrund entlang, bog jeweils im rechten Winkel ab und kam den Hügel herauf auf die Menschenmenge zu, wo das Ziel war. Dreißig Meter hinter dem Ziel stand das auf den Kopf gestellte Fahrrad, mit dem der ‹Hase› angetrieben wird. Da es tragbar ist, wird es auf den offiziell nicht anerkannten Rennplätzen allgemein verwendet. Es steht auf einer etwa zweieinhalb Meter hohen, flüchtig errichteten Plattform, die auf vier Pfählen ruht, und zwar steht es mit dem Hinterrad, von dem der Reifen entfernt worden ist, gegen die Rennbahn. Das eine Ende der Schnur, die den ‹Hasen› nachzieht, ist an der vertieften Felge des Rades befestigt, und der Aufwickler (oder Hasentreiber), der rittlings über dem andern Rad steht und die Pedale von Hand dreht, wickelt die Schnur auf das Rad. Auf diese Art zieht er den ‹Hasen› mit beliebiger Geschwindigkeit heran, bis zu sechzig Stundenkilometern. Nach jedem Rennen bringt jemand den ‹Hasen› samt Schnur wieder über die ganze Strecke zu den Startklappen zurück, wobei er die Schnur vom Rad abwickelt. Von seiner hohen Plattform aus kann der Aufwickler das Rennen verfolgen und die Geschwindigkeit des ‹Hasen› bemessen, daß er stets knapp vor dem

an der Spitze liegenden Hund bleibt. Natürlich kann er den ‹Hasen› auch jederzeit anhalten und so das Rennen ungültig machen (falls der unrichtige Hund zu siegen scheint), indem er die Pedale plötzlich rückwärts dreht, wodurch sich die Schnur in der Radnabe verhaspelt. Er kann es auch so machen, daß er den ‹Hasen› vorübergehend langsamer laufen läßt, was den an der Spitze liegenden Hund veranlaßt, unwillkürlich etwas zurückzuhalten, so daß die andern ihn einholen. Er spielt eine wichtige Rolle, der Aufwickler.

Ich konnte ihn auf der Plattform stehen sehen, einen stämmigen Mann in einem blauen Sweater, der sich an das Fahrrad lehnte und durch den Rauch seiner Zigarette auf die Menge herunterschaute.

Es besteht in England ein merkwürdiges Gesetz, wonach Rennveranstaltungen dieser Art nur siebenmal jährlich auf demselben Grundstück gestattet sind. Deshalb war Feaseys Ausrüstung transportabel, und nach der siebenten Veranstaltung verlegte er seine Tätigkeit einfach auf die nächste Wiese. Das Gesetz störte ihn gar nicht.

Es hatte sich bereits eine beträchtliche Menge angesammelt, und drüben auf der rechten Seite waren die Buchmacher dabei, ihre Stände zu errichten. Claud hatte unterdessen Jackie herausgeholt und führte ihn zu einer Gruppe von Leuten hinüber, die sich um einen kleinen, untersetzten Mann scharten, der Reithosen trug – Feasey selber. Von den Leuten um ihn herum

94

hatte jeder einen Hund an der Leine, und Feasey schrieb Namen in ein Notizbuch, das er aufgeklappt in der linken Hand hielt. Ich schlenderte hinüber, um zuzuschauen.

«Welchen haben Sie da?» fragte Feasey mit gezücktem Bleistift.

«Mitternacht», sagte ein Mann, der einen schwarzen Hund vorführte.

Feasey trat einen Schritt zurück und musterte den Hund genau. «Mitternacht. Gut. Ist eingetragen.»

«Jane», sagte der nächste.

«Augenblick mal. Jane . . . Jane . . . jawohl, ist in Ordnung.»

«Haudegen.» Dieser Hund wurde von einem schlaksigen Mann mit länglichen Zähnen vorgeführt, der einen doppelreihigen, etwas speckigen blauen Anzug trug, und als er ‹Haudegen› sagte, begann er sich mit der freien Hand bedächtig am Hosenboden zu kratzen.

Feasey bückte sich, um den Hund zu untersuchen. Der andere schaute in die Luft.

«Weg damit», sagte Feasey.

Rasch schaute der Mann her und hörte auf, sich zu kratzen.

«Los, bringen Sie ihn weg.»

«Hören Sie mal, Feasey», sagte der Mann, der beim Sprechen etwas mit der Zunge anstieß. «Reden Sie doch bitte keinen Stuß.»

«Los, Larry, verschwinden Sie. Halten Sie mich nicht

95

auf. Sie wissen genausogut wie ich, daß der Haudegen zwei weiße Zehen am linken Vorderlauf hat.»

«Aber ich bitte Sie, Feasey», sagte der Mann, «Sie haben Haudegen ja mindestens seit einem halben Jahr nicht mehr gesehen.»

«Schon recht, Larry, verschwinden Sie jetzt. Ich habe keine Zeit, mich mit Ihnen herumzustreiten.» Feasey schien nicht im mindesten ungehalten. «Der nächste», sagte er.

Ich sah Claud mit Jackie hinzutreten. Mit eiserner Miene schaute er Feasey über den Kopf hinweg, und die Leine hielt er so fest, daß seine Knöchel wie eine Reihe weißer Zwiebelchen wirkten. Ich wußte genau, wie ihm zumute war. Mir war in diesem Augenblick auch nicht anders zumute, und es kam noch schlimmer, als Feasey plötzlich auflachte.

«Nanu», rief er. «Da ist ja der Schwarze Panther. Da ist ja unser Weltmeister.»

«Jawohl», sagte Claud.

«Also, wissen Sie», sagte Feasey mit einem Schmunzeln, «den können Sie gleich wieder mit nach Hause nehmen. Ich kann ihn nicht brauchen.»

«Was denn . . .»

«Schon sechs- oder achtmal hat er jetzt seine Chance gehabt, das dürfte genügen. Warum geben Sie's nicht auf? Tun Sie ihn doch lieber ab.»

«Ach bitte, Herr Feasey, nur noch dieses eine Mal, dann will ich Sie nicht mehr belästigen.»

«Kein einziges Mal mehr. Ich habe heute mehr Hunde hier, als ich unterbringen kann. Für solche Nölpeter ist kein Platz.»

Claud schien den Tränen nahe.

«Glauben Sie mir», sagte er, «jeden Morgen bin ich um sechs aufgestanden die letzten vierzehn Tage und bin mit ihm gelaufen, habe ihn massiert und ihm Beefsteaks gekauft. Glauben Sie mir, das ist jetzt ein ganz anderer Hund als das letzte Mal, wie er hier lief.»

Die Worte ‹ein ganz anderer Hund› ließen Feasey auffahren, wie von einer Tarantel gestochen. «Was!» rief er. «Ein ganz anderer Hund!»

Claud, das mußte man ihm lassen, verlor den Kopf nicht. «Aber ich bitte Sie», sagte er. «Bitte mir dergleichen nicht zu unterschieben. Sie wissen genau, das habe ich nicht gemeint.»

«Schon gut, schon gut. Aber gleichviel, Sie können ihn wieder mitnehmen. Mit einem so langsamen Hund hat das keinen Zweck. Nehmen Sie ihn jetzt bitte mit und halten Sie mich nicht länger auf.»

Ich schaute Claud an. Claud schaute Feasey an. Feasey schaute sich nach dem nächsten Hund um. Unter seiner braunen Tweedjacke trug er einen gelben Pullover, und dieser gelbe Streifen auf seiner Brust, die dünnen Beine, die in Gamaschen steckten, und die Art, wie er den Kopf ruckweise hin und her bewegte, alles das gab ihm etwas Vogelähnliches, etwas von einem Distelfink.

Claud trat einen Schritt heran. Er lief vor Empörung allmählich rot an, und ich sah es an seinem Adamsapfel, wie er schluckte.

«Ich mache Ihnen einen Vorschlag, Herr Feasey. Der Hund ist jetzt besser, das steht für mich fest. Ich wette ein Pfund mit Ihnen, daß er nicht als letzter figuriert. Genügt das?»

Feasey wandte sich langsam um und betrachtete Claud. «Sind Sie übergeschnappt?» fragte er.

«Ich weiß, was ich sage. Ich wette ein Pfund mit Ihnen.»

Es war ein gefährlicher Zug und mußte Verdacht erregen, aber Claud wußte, es war das einzige, was ihm übrigblieb. Eine Stille entstand, als Feasey sich bückte und den Hund untersuchte. Gewissenhaft musterte er ihn Stück für Stück. Gründlichkeit und Gedächtnis des Mannes waren bewundernswert, ja beängstigend, behielt er doch Gestalt und Farbe und Kennzeichen von mehreren hundert sehr ähnlichen Hunden im Kopf. Nie bedurfte er mehr als eines einzigen geringfügigen Merkmals – eine kleine Narbe, eine schräge Zehe, weniger stark angezogene Weichen, ein etwas dunkler geflecktes Fell –, Feaseys Gedächtnis ließ ihn nie im Stich.

Ich beobachtete ihn, wie er sich jetzt über Jackie bückte. Sein Gesicht war rötlich und fleischig, der Mund klein und straff, als ließen sich die Lippen überhaupt nicht zu einem Lächeln verziehen, und die Au-

98

gen waren, wie zwei Objektive, scharf auf den Hund eingestellt. «Nun», sagte er, als er sich aufrichtete, «es ist jedenfalls noch derselbe Hund.»

«Hoffentlich!» rief Claud. «Wofür halten Sie mich eigentlich?»

«Ich halte Sie für übergeschnappt, dafür halte ich Sie. Aber es ist eine bequeme Art, zu einem Pfund zu kommen. Sie haben wohl vergessen, wie ihn Amber Flash letztes Mal auf drei Beinen beinahe geschlagen hat?»

«Damals war er nicht in Form», erklärte Claud. «Er hat nicht Beefsteaks und Massage und Training gehabt wie jetzt. Aber hören Sie, Sie dürfen ihn nicht in die oberste Klasse tun, bloß um die Wette zu gewinnen. Dieser Hund gehört in die unterste Klasse, das wissen Sie.»

Feasey lachte. Der kleine Knopf von einem Mund ging zu einem winzigen Kreis auseinander. Er lachte und schaute dabei in die Menge, die in sein Lachen mit einstimmte. «Hören Sie mal», sagte er und legte Claud eine behaarte Hand auf die Schulter, «ich kenne mich in den Hunden aus. *Dieses* Pfund gewinne ich auch ohne Machenschaften. Er läuft mit der untersten Klasse.»

«Gut», sagte Claud. «Die Wette gilt.» Er entfernte sich mit Jackie, und ich stieß zu ihm.

«Mensch, Gordon, das hätte ins Auge gehen können!»

«Mir war angst und bang.»

«Aber jetzt sind wir drin.» Claud hatte wieder diesen atemlos gespannten Ausdruck und den komisch luftigen Gang, als sei ihm der Boden zu heiß.

Immer noch kamen Leute durch das Gatter herein; es waren ihrer jetzt mindestens dreihundert. Keine liebliche Gesellschaft. Scharfnasige Männer und Frauen mit ungewaschenen Gesichtern und schlechten Zähnen und scheelem Blick. Der Abschaum der Großstadt. Wie Abwasser aus einer zersprungenen Röhre, ein Rinnsal die Straße entlang und durch das Gatter, und am obern Ende der Wiese ein übelriechender Jauchetümpel. Alle waren sie da, die Schieber und Zigeuner und Gauner, das ganze Gesindel. Die einen mit Hunden, die andern ohne. Hunde, die an einem Stück Schnur herumgeführt wurden, jämmerliche Hunde, die den Kopf hängen ließen, magere, räudige Hunde mit wunden Stellen am Hinterleib (vom Schlafen auf harter Unterlage), traurige alte Hunde mit grauen Schnauzen, gedopte Hunde, solche, die mit Haferbrei gemästet worden waren, damit sie nicht siegten, solche, die steifbeinig einherkamen – einer insbesondere, ein weißer. «Claud, was ist denn mit dem weißen dort, der so steif geht?»

«Welcher?»

«Der dort drüben.»

«Ach ja. Wahrscheinlich ist er aufgehängt worden.»

«Aufgehängt?»

«Gewiß doch. Vierundzwanzig Stunden im Geschirr aufgehängt, mit baumelnden Läufen.»

«Herrgott, wozu denn?»

«Damit er langsamer läuft natürlich. Es gibt Leute, die sind gegen Einspritzungen oder Mästen oder Abschnüren. So hängen sie sie eben auf.»

«Aha.»

«Entweder das», sagte Claud, «oder sie schmirgeln sie ab. Reiben ihnen mit grobem Schmirgelpapier die Haut von den Pfoten, damit es ihnen weh tut, wenn sie laufen.»

«Ach so.»

Und dann die tüchtigeren, besser aussehenden Hunde, die wohlgenährten, die jeden Tag Pferdefleisch kriegen, nicht nur Schweinefutter oder Hundekuchen und Kohlbrühe, die mit dem glänzenderen Fell, die mit

dem Schwanz wedeln und an der Leine zerren, unge-
dopt, ungemästet, denen vielleicht noch Unangeneh-
meres bevorsteht, der Maulriemen, der um vier Löcher
enger geschnallt wird. *Aber so, daß er noch atmen
kann, Jock. Schnür ihm die Luft nicht völlig ab, sonst
bricht er uns mitten im Rennen zusammen. Nur so,
daß er ein bißchen keucht. Immer nur ein Loch aufs
Mal, bis du ihn keuchen hörst. Er macht dann das Maul
auf und fängt an, schwer zu schnaufen. Dann ist es gerade richtig, aber nicht, wenn ihm die Augen aus dem
Kopf treten. Darauf mußt du aufpassen. In Ordnung?*

In Ordnung.

«Sehen wir zu, daß wir aus dem Gedränge herauskommen. Das tut Jackie nicht gut; all diese andern
Hunde, das regt ihn bloß auf.»

Wir gingen den Hang hinauf, wo oben die Autos
geparkt waren, und dann vor der langen Reihe von
Autos auf und ab, um dem Hund Bewegung zu verschaffen. In einigen der Autos waren Männer zu sehen
mit Hunden, und die Männer warfen uns durchs Fenster scheele Blicke zu, während wir vorbeigingen.

«Vorsicht, Gordon, wir wollen keine Scherereien.»

«Nein, gewiß nicht.»

Das waren die besten von all den Hunden, die im
Auto behalten und nur rasch hinausgebracht wurden,
um sie eintragen zu lassen, worauf sie wieder ins Auto
kamen und dort bis zuletzt blieben, dann spornstreichs
zum Start und nach dem Rennen wieder ins Auto zu-

rück, damit kein Schnüffler ihn allzu genau zu sehen bekommt. Der Trainer vom Stadion wollte es so. *Meinetwegen, sagte er, du kannst ihn haben, aber sieh um Himmels willen zu, daß ihn keiner erkennt. Tausenden ist dieser Hund bekannt, da heißt es, aufgepaßt. Und es kostet dich fünfzig Pfund.*

Sehr schnelle Hunde sind das, aber es kommt gar nicht so sehr darauf an, wie schnell, meistens kriegen sie ohnehin Einspritzungen, sicherheitshalber. Anderthalb Kubikzentimeter Äther, subkutan, im Auto ganz langsam verabreicht. Das setzt bei jedem Hund zehn Längen zu. Manchmal ist es auch Koffein, Koffein in Öl, oder Kampfer. Das steigert die Leistung auch. Die Männer in den großen Autos kennen sich da aus. Manche davon verstehen sich auch auf Whisky. Aber das geschieht intravenös. Nichts für Anfänger. Wie leicht verfehlt man die Ader. Man braucht nur die Ader zu verfehlen, dann wirkt es nicht, und wie steht man dann da? Meistens ist es deshalb Äther oder Koffein oder Kampfer. *Gib ihr aber nicht zuviel von dem Zeug, Jock. Wie steht es mit ihrem Gewicht? Achtundfünfzig Pfund. Also gut, du weißt, was der Mann uns gesagt hat. Wart mal, ich hab's aufgeschrieben. Hier Ein Kubikzentimeter auf zehn Pfund Körpergewicht ist gleich fünf Längen über dreihundert Meter. Wart mal, während ich das ausrechne. Ach Gott, mach's lieber nach dem Gefühl. Einfach nach dem Gefühl. Es wird schon richtig herauskommen. Kann ja sowieso*

103

nicht schiefgehen, ich hab die andern, die mit ihm rennen, selber ausgesucht. Hat mich zehn Pfund gekostet. Zehn Lappen hab ich Feasey gegeben. Mein lieber Feasey, hab ich gesagt, das ist zu Ihrem Geburtstag, und weil ich Sie liebe.

Vielen Dank, sagte Feasey. Vielen Dank, mein guter und getreuer Freund.

Und um sie zu bremsen, verwenden die in den großen Autos Chlorbutal. Das ist besonders fein, Chlorbutal, weil man es am Abend zuvor eingeben kann, besonders einem Hund, der jemand anders gehört. Oder auch Pethidin. Pethidin und Hyoscin gemischt, was immer das sein mag.

«Vornehme Sportsfreunde sind das hier. Richtiger alter englischer Landadel, nicht?» bemerkte Claud.

«Hat ganz den Anschein.»

«Paß auf deine Taschen auf, Gordon. Hast du das Geld gut versteckt?»

Wir gingen hintenherum die Reihe der Autos entlang – zwischen den Autos und der Hecke – und ich sah, wie Jackie sich straffte und mit schleichenden Tritten vorwärtsdrängte. Etwa dreißig Meter von uns entfernt standen zwei Männer. Einer hielt einen hellbraunen Windhund an der Leine, der ebenso angespannt war wie Jackie. Der andere hielt einen Sack in der Hand.

«Guck», sagte Claud leise, «sie werfen ihm etwas zum Totbeißen vor.»

Aus dem Sack purzelte ein kleines weißes Kaninchen, noch ganz flaumig, jung und zutraulich. Es kam auf die Beine und kauerte reglos da, mit dem krummen Buckel, wie Kaninchen ihn beim Kauern machen, die Nase dicht am Boden. Ein erschrecktes Kaninchen. Aus dem Sack so plötzlich auf die Wiese, mit einem solchen Aufprall. In das helle Licht. Der Hund war jetzt außer sich vor Erregung, warf sich gegen die Leine, scharrte und winselte. Das Kaninchen sah den Hund und verharrte wie gelähmt. Der Mann verlegte seinen Griff auf das Halsband, und der Hund wand sich und sprang und suchte freizukommen. Der andere schob das Kaninchen mit dem Fuß an, aber es war zu verängstigt, um sich zu bewegen. Er stieß es nochmals, wobei er es mit der Schuhspitze wie einen Fußball wegschnellte, und das Kaninchen überschlug sich mehrmals, kam auf die Beine und begann davonzuhopsen. Jetzt ließ der andere den Hund frei, der sich mit einem einzigen Satz auf das Kaninchen stürzte, und dann kam das Gequietsche, nicht sehr laut, aber schrill und voller Todesnot, und es war, als wollte es kein Ende nehmen.

«So», sagte Claud, «jetzt hast du's gesehen.»

«Ich weiß nicht, ob ich mich damit befreunden kann.»

«Ich habe dir ja davon erzählt, Gordon. Es wird häufig gemacht, um den Hund vor dem Rennen scharf zu machen.»

«Ich kann mich trotzdem nicht damit befreunden.»

«Ich auch nicht. Aber es wird allgemein gemacht. Sogar die Trainer auf den großen Rennplätzen machen es. Ich finde es barbarisch.»

Wir schlenderten hinweg. Unter uns am Hang war das Gedränge inzwischen noch dichter geworden, und dahinter, in einer langen Reihe, waren die Stände der Buchmacher nun errichtet, mit den Namen daran in Rot und Gold und Blau. Bereits hatten sich die Buchmacher auf die umgestülpten Kisten gestellt, ein Bündel numerierter Karten in der einen Hand, ein Stück Kreide in der andern.

Dann sahen wir Feasey zu der schwarzen Tafel hinübergehen, die an einen in den Boden gesteckten Pfahl genagelt war.

«Er schreibt das erste Rennen an», sagte Claud. «Komm schnell.»

Wir begaben uns rasch den Hang hinunter und mischten uns unter die Menge. Feasey schrieb die Namen der Hunde aus seinem Notizbuch ab, und unter den Zuschauern entstand so etwas wie eine erwartungsvolle Stille.

1. SALLY
2. THREE QUID
3. SCHNIRKELSCHNECKE
4. SCHWARZER PANTHER
5. WHISKEY
6. ROCKIT

«Er ist dabei!» sagte Claud leise. «Beim ersten Rennen schon. Startklappe vier! Rasch, Gordon, gib mir fünf Pfund, damit ich sie dem Aufwickler zeigen kann.»

Claud konnte vor Erregung kaum sprechen. Um Nase und Augen war er wieder ganz weiß, und als ich ihm eine Fünfpfundnote übergab, zitterte ihm der ganze Arm. Der Mann, der die Fahrradpedale zu drehen hatte, stand immer noch in seinem blauen Sweater auf der Plattform und rauchte. Claud ging hinüber und schaute zu ihm auf.

«Sehen Sie diesen Fünfer», sagte er leise, mit der zusammengefalteten Note in der Handfläche.

Der Mann warf einen Blick darauf, ohne den Kopf zu bewegen.

«Für Sie, wenn Sie bei diesem Rennen keine Fisimatenten machen. Kein Anhalten und kein Abbremsen und immer hübsch schnell. In Ordnung?»

Der Mann regte sich nicht, abgesehen von einem

107

leichten, fast unmerklichen Zucken der Augenbrauen. Claud wandte sich ab.

«Also, Gordon, setz das Geld allmählich, alles in kleinen Beträgen, wie ich dir gesagt habe. Geh von einem Stand zum andern und setze kleine Beträge, damit wir die Quote nicht gefährden. Ich gehe unterdessen mit Jackie langsam zum Start, so langsam als möglich, damit du reichlich Zeit hast. In Ordnung?»

«In Ordnung.»

«Und vergiß nicht, am Schluß des Rennens mußt du dort sein und ihn abfangen. Sieh zu, daß du ihn aus dem Getümmel herauskriegst, wenn die andern sich über den Hasen hermachen. Halt ihn fest und laß nicht los, bis ich mit Halsband und Leine komme. Dieser Whiskey ist ein Zigeunerhund und zerfleischt alles, was sich ihm in den Weg stellt.»

«In Ordnung», sagte ich. «Es kann losgehen.»

Ich sah noch, wie Claud mit Jackie zum Zielpfosten hinüberging, wo er einen gelben Umhang mit einer großen Vier darauf bezog, wie auch einen Maulkorb. Die andern fünf Läufer waren auch dort, mit ihren Besitzern, die sich an ihnen zu schaffen machten, ihnen den numerierten Umhang anzogen und den Maulkorb befestigten. Feasey waltete seines Amtes, wobei er mit seinen engen Reithosen wie ein munterer Zeisig herumhopste, und einmal sah ich, wie er zu Claud etwas sagte und lachte. Claud ließ ihn unbeachtet. ‹Gleich werden Sie nun die Hunde die Rennbahn hinunterfüh-

ren›, sagte ich mir, ‹die lange Strecke den Hang hinunter bis ans andere Ende der Wiese, zu den Startklappen. Zehn Minuten werden sie dazu brauchen. Ich habe also mindestens zehn Minuten.› Und dann begann ich mich durch die Menge zu drängeln, die dicht an dicht vor den Reihen der Buchmacher stand.

«Gleicher Einsatz Whiskey! Gleicher Einsatz Whiskey! Fünf zu zwei Sally! Gleicher Einsatz Whiskey! Vier zu eins Schnirkelschnecke! Nur heran. Beeilung, Beeilung! Was soll's denn sein?»

Auf allen Tafeln die ganze Reihe entlang war der Schwarze Panther mit fünfundzwanzig zu eins angeschrieben. Ich schob mich zum nächsten Stand hin.

«Drei Pfund auf Schwarzer Panther», sagte ich und hielt das Geld hin.

Der Mann auf der Kiste hatte ein entzündetes, magentarotes Gesicht und um die Mundwinkel Spuren irgendeines weißen Stoffes. Er nahm das Geld an sich und ließ es in die Geldtasche fallen: «Fünfundsiebzig Pfund zu drei Schwarzer Panther», sagte er. «Nummer zweiundvierzig.» Dann händigte er mir ein Kärtchen aus, und sein Schreiber trug die Wette ein.

Ich trat zurück und schrieb rasch auf die Rückseite des Kärtchens «75 zu 3», und schob es in die Brusttasche, wo ich das Geld hatte.

‹Solange ich die Pfundnoten solchermaßen verteile›, sagte ich mir, ‹dürfte es klappen.› Auf Clauds Anweisung hatte ich es mir ohnehin angelegen sein lassen, bei jedem Rennen ein paar Pfund auf den Doppelgänger zu setzen, um keinen Verdacht zu erregen, wenn es dann Ernst galt. So ging ich denn zuversichtlich die ganze Reihe entlang und setzte an jedem Stand drei Pfund. Ich beeilte mich nicht, vertrödelte aber auch keine Zeit, und nach jeder Wette schrieb ich den Betrag auf die Rückseite des Wettscheins, bevor ich ihn in die Tasche schob. Insgesamt waren es siebzehn Buchmacher. Ich hatte bereits siebzehn Scheine und hatte einundfünfzig Pfund ausgelegt, ohne daß die Quote dadurch beeinträchtigt worden wäre. Neunundvierzig Pfund galt es noch unterzubringen. Rasch warf ich einen Blick den Hang hinunter. Einer der Besitzer war mit seinem Hund bereits am Start angelangt; die andern waren nur noch zwanzig oder dreißig Meter davon entfernt. Außer Claud. Claud und Jackie hatten erst die halbe Strecke hinter sich. Ich sah Claud in seinem alten khakifarbenen Mantel gemächlich dahinziehen, während Jackie ungeduldig an der Leine zerrte; und einmal sah ich, wie er stillstand und sich bückte, als hebe er etwas auf. Als er wieder weiterging, hinkte er ein wenig, so daß er noch langsamer vorwärtskam. Ich eilte wieder ans andere Ende der Reihe, um von neuem anzufangen.

«Drei Pfund auf Schwarzer Panther.»

Der Buchmacher, der mit dem magentaroten Gesicht und dem weißen Zeug um den Mund, horchte auf. Offenbar kam ich ihm bekannt vor. Mit einer raschen, schwungvollen Armbewegung leckte er sich die Finger und wischte die Zahl fünfundzwanzig auf der Tafel aus. Seine nassen Finger hinterließen einen kleinen dunklen Fleck neben dem Namen des Schwarzen Panthers.

«Schön, Sie kriegen's noch einmal fünfundsiebzig zu drei», sagte er, «aber mehr nicht.» Dann rief er laut: «Fünfzehn zu eins Schwarzer Panther! Fünfzehn der Panther!»

Die ganze Reihe entlang wurde die Fünfundzwanzig ausgewischt, und der Panther galt jetzt fünfzehn zu eins. Rasch schloß ich die Wetten ab, doch bis ich damit fertig war, hatten die Buchmacher genug und führten ihn überhaupt nicht mehr. Zwar hatte jeder nur sechs Pfund angenommen, doch riskierte er dabei einen Verlust von hundertfünzig, und für kleine Buchmacher auf einem kleinen Provinzrennplatz war das gerade genug. Ich war zufrieden mit mir, wie ich die Sache gedeichselt hatte. Kärtchen die Menge. Ich nahm sie aus der Tasche und zählte sie durch, wie ein Spiel Karten. Dreiunddreißig waren es. Und der Gewinn? Mit wieviel konnten wir rechnen? Augenblick mal ... etwas über zweitausend Pfund. Mit dreißig Längen Vorsprung, hatte Claud gesagt, werde Jackie das Rennen machen. Wo war er jetzt eigentlich?

Weit drunten im Gelände sah ich den khakifarbenen Mantel am Start stehen und den großen schwarzen Hund daneben. Alle die andern Hunde waren bereits

112

Mit Wetten...

... kann man leichter auf den Hund kommen als auf einen grünen Zweig. Denn ob man auf einen Hund setzt, auf eine Zahl, auf ein Pferd – meistens ist es für die Katz'.

Je höher die Gewinnquoten, desto größer der Wettreiz, desto geringer die Trefferzahl. Wer sich hingegen mit acht Prozent Gewinn begnügt, muß auf Spannung und Nervenkitzel verzichten, ist aber bei jeder Ziehung dabei und gewinnt mit Sicherheit.

Pfandbrief und Kommunalobligation

Meistgekaufte deutsche Wertpapiere - hoher Zinsertrag - schon ab 100 DM bei allen Banken und Sparkassen

Verbriefte  Sicherheit im Zwinger, und ihre Besitzer entfernten sich allmählich. Jetzt bückte sich Claud und lockte Jackie in Nummer vier hinein; dann schloß er das Gatter, wandte sich weg und begann mit flatterndem Mantel den Hang hinaufzueilen, auf die Zuschauer zu. Immer wieder schaute er während des Laufs über die Schulter zurück.

Neben den Zwingern stand der Starter, der jetzt mit einem Taschentuch winkte. Am andern Ende der Rennbahn, hinter dem Ziel, ganz in meiner Nähe, hatte sich der Mann im blauen Sweater rittlings über das auf dem Kopf stehende Fahrrad gestellt, oben auf seiner hohen Plattform, und als er das Zeichen sah, winkte er zurück und begann, die Pedale mit der Hand zu drehen. Ein winziger weißer Punkt – der künstliche Hase, in Wirklichkeit ein Fußball, an den ein Stück weißes Kaninchenfell geheftet war – begann sich vom Start zu entfernen, und zwar immer schneller. Die Klappen gingen auf, und die Hunde schossen heraus. Wie ein einziger dunkler Klumpen schossen sie alle zusammen heraus, als sei es statt sechs nur ein einziger, breit geratener Hund. Gleich darauf sah ich, wie Jackie sich von den andern löste. Daß es Jackie war, erkannte ich an der Farbe. Schwarze Hunde waren bei diesem Rennen sonst keine dabei. Es war schon Jackie. Jetzt nur keinen Mucks, sagte ich mir. Nur keinen Mucks, weder mit Muskel, Augenlid, Fuß oder Finger. Hübsch stillstehen und keinen Mucks machen. Wie er läuft! Hopp, Jackson, mein Junge! Nein, nicht rufen. Rufen bringt

113

Unglück. Und bloß keinen Mucks. In zwanzig Sekunden ist alles vorbei. Jetzt um die scharfe Kurve und den Hang hinauf, mit fünfzehn oder zwanzig Längen Abstand. Eher zwanzig. Nein, nicht die Längen zählen, das bringt Unglück. Und keinen Mucks, keine Kopfbewegung. Aus den Augenwinkeln verfolgen, wie er läuft. Wie er sich jetzt den Hang hinauf ins Zeug legt! Er hat so gut wie gesiegt. Verlieren kann er jetzt nicht mehr . . .

Als ich zu ihm hinkam, balgte er sich mit dem Kaninchenfell herum und suchte es in die Schnauze zu kriegen, was der Maulkorb verhinderte, und die andern Hunde sausten von hinten heran, und plötzlich waren alle über ihm her und wollten das Kaninchen auch haben, und ich faßte ihn um den Hals und schleppte ihn aus dem Getümmel, wie Claud es mich geheißen hatte, und kniete ins Gras und hielt ihn mit beiden Armen fest. Die andern hatten ihre liebe Not, sich ihrer Hunde zu bemächtigen.

Dann stand Claud neben mir, aufgeregt und außer Atem. Wortlos nahm er Jackie den Maulkorb ab und legte ihn an die Leine, und Feasey stand auch da, die Hände in die Seite gestemmt, die Lippen geschürzt wie zu einem Pilz, den prüfenden Blick auf Jackie geheftet.

«Das war also der Dreh, wie?» sagte er.

Claud bückte sich über den Hund und tat, als habe er nichts gehört.

«Daß Sie hier in Zukunft nichts mehr zu suchen haben, ist Ihnen doch klar?»

Claud machte sich immer noch an Jackies Halsband zu schaffen.

Hinter mir hörte ich jemand sagen: «Dieser Kerl da mit dem Mondgesicht hat den alten Feasey diesmal schön angeschmiert.» Ein anderer lachte. Feasey entfernte sich. Claud richtete sich auf und ging mit Jackie zu dem Aufwickler hinüber, der von seiner Plattform herabgestiegen war.

«Zigarette», sagte Claud und hielt ihm das Päckchen hin.

Der Mann nahm eine, und auch die Fünfpfundnote, die eng zusammengefaltet zwischen Clauds Fingern steckte.

«Danke», sagte Claud. «Recht schönen Dank.»

«Bitte.»

Dann wandte Claud sich zu mir. «Hast du alles setzen können, Gordon?» Er wippte auf und nieder, rieb sich die Hände und tätschelte Jackie, und seine Lippen zitterten, während er sprach.

«Ja. Halb bei fünfundzwanzig, halb bei fünfzehn.»

«Mensch, Gordon, das ist großartig. Bleib hier stehen, ich hole das Köfferchen.»

«Nimm lieber Jackie», sagte ich, «und warte auf mich im Wagen. Bis nachher.»

Bei den Buchmachern war jetzt niemand. Ich war der einzige, der überhaupt etwas einzustreichen hatte. Das

Herz wollte mir fast zerspringen, als ich beschwingten Schrittes auf den ersten Stand zuging, zu dem Mann mit dem magentaroten Gesicht und dem weißen Zeug am Mund. Ich stellte mich vor ihn hin und ließ mir Zeit, während ich aus dem Bündel von Kärtchen die seinen heraussuchte. Syd Pratchett hieß er. In goldenen Buchstaben auf rotem Feld stand der Name auf seiner Tafel:

SYD PRATCHETT
DIE VORTEILHAFTESTEN WETTEN WEIT UND BREIT
PROMPTE ERLEDIGUNG

Ich reichte ihm das erste Kärtchen hin und sagte: «Achtundsiebzig Pfund stehen mir zu.» Es klang mir so süß in den Ohren, daß ich es nochmals sagte. «Achtundsiebzig Pfund stehen mir zu.» Jegliche Schadenfreude lag mir fern. Im Gegenteil, Syd Pratchett war mir nachgerade höchst sympathisch. Er tat mir sogar leid, weil er soviel Geld herausrücken mußte. Hoffentlich ging es nicht seiner Frau und seinen Kindern ab.

«Nummer zweiundvierzig», sagte Pratchett zu seinem Schreiber, der das große Buch in den Händen hatte. «Zweiundvierzig verlangt achtundsiebzig Pfund.»

Während der Schreiber mit dem Finger die Kolonne der eingetragenen Wetten herunterfuhr, herrschte Stille. Er tat es zweimal, dann schaute er zu seinem Chef auf und schüttelte den Kopf.

«Nein», sagte er. «Nicht auszahlen. Die Nummer hat auf Schnirkelschnecke gesetzt.»

Pratchett, der auf seiner Kiste stand, beugte sich hinunter und schaute selber nach. Es schien ihm gar nicht recht zu sein, was der Schreiber gesagt hatte; auf seinem roten Gesicht malte sich ehrliche Betroffenheit.

‹Der Schreiber ist ein Esel›, dachte ich. ‹Gleich wird Pratchett es ihm sagen.›

Doch als Pratchett sich wieder zu mir wandte, hatte er einen verkniffenen, feindseligen Blick. «Mach doch keine Zicken, Mensch», sagte er. «Du weißt genau, daß du auf Schnirkelschnecke gesetzt hast. Was soll denn das?«

«Auf Panther habe ich gesetzt», beteuerte ich. «Zweimal je drei Pfund, bei fünfundzwanzig zu eins. Hier ist die andere Karte.»

Diesmal nahm er sich nicht einmal die Mühe, die Eintragung nachzuprüfen. «Du hast auf Schnirkelschnecke gewettet», behauptete er. «Ich weiß noch, wie du hier warst.» Damit wandte er sich ab und begann die Namen auf der Tafel mit einem feuchten Lappen auszuwischen. Der Schreiber im Hintergrund hatte das Buch zugeklappt und steckte sich eine Zigarette an. Ich stand da und guckte, während mir am ganzen Körper der Schweiß ausbrach.

«Kann ich mal das Buch sehen.»

Pratchett schneuzte sich in den feuchten Lappen und ließ ihn auf den Boden fallen.

«Scher dich weg, Mensch», sagte er. «Mach dich hier nicht unbeliebt.»

Der springende Punkt war, daß auf dem Kärtchen eines Buchmachers nie verzeichnet steht, worauf die Wette sich bezieht. Das ist allgemein üblich, auf jedem Rennplatz im ganzen Land, ob es sich nun um die berühmten Pferderennen von Newmarket oder Ascot handelt, oder um einen kleinen, offiziell nicht anerkannten Rennplatz irgendwo in der Provinz. Die Karten, die ausgegeben werden, tragen lediglich den Namen des Buchmachers und sind fortlaufend numeriert. Die Wette wird, wenn es mit rechten Dingen zugeht, vom Schreiber in sein Buch eingetragen, neben der betreffenden Nummer, aber sonst gibt es keinen Beweis, wie man gewettet hat.

«Mach schon», sagte Pratchett. «Hau ab.»

Ich trat einen Schritt zurück und blickte die lange Reihe der Buchmacher entlang. Keiner schaute her. Alle standen sie reglos auf ihrer Kiste, den Blick geradeaus auf die Menge gerichtet. Ich trat zum nächsten Stand hin und zeigte ein Kärtchen vor.

«Ich hatte drei Pfund auf Schwarzer Panther, fünfundzwanzig zu eins», sagte ich energisch. «Achtundsiebzig Pfund stehen mir zu.»

Der Mann wickelte genau dieselbe Vorstellung ab wie Pratchett; er befragte den Schreiber, schaute im Buch nach und erteilte mir dieselbe Antwort.

«Was soll denn das?» sagte er ruhig, als spreche er zu einem achtjährigen Schuljungen. «Das sind doch Kindereien.»

Diesmal trat ich mehrere Schritte zurück. «Ihr elendes Gaunerpack!» rief ich. «Gauner, alle miteinander!»

Wie Marionetten drehten alle gleichzeitig den Kopf nach mir um und schauten mich an. An ihrem Gesichtsausdruck änderte sich nichts. Es waren nur die Köpfe, die sich bewegten, alle siebzehn, und siebzehn glasige Augenpaare schauten auf mich herab. Sie schienen völlig unbeteiligt.

«Jemand hat gesprochen», schienen sie zu sagen. «Wir haben es nicht gehört. Recht schönes Wetter heute.»

Die Zuschauer, die merkten, daß etwas im Gange war, begannen herbeizuströmen. Ich lief zu Pratchett zurück, dicht an ihn heran, und stieß ihn mit dem Finger in den Bauch. «Sie Gauner!» rief ich. «Sie himmeltrauriger kleiner Gauner, Sie!»

Das Auffallendste war, daß Pratchett es mir gar nicht krummzunehmen schien.

«Schau, schau», sagte er, «wer reklamiert denn da?»

Dann verzog er plötzlich den Mund zu einem breiten, froschähnlichen Grinsen; er blickte über die Menge hin und rief mit lauter Stimme. «Schau, schau, wer reklamiert denn da?»

Sogleich entstand allgemeines Gelächter. Auch die Buchmacher erwachten zum Leben, sie tauschten Blicke und lachten und zeigten auf mich und riefen: «Schau, schau, wer reklamiert denn da?» Bald erschallte der Ruf auch aus der Menge, und ich stand auf der Wiese neben Pratchett mit diesem dicken Bündel Karten in der Hand. Es war, um aus der Haut zu fahren. Über die Köpfe der Menge hinweg sah ich Feasey, wie er bereits die Namen für das nächste Rennen an die Tafel schrieb; und dann in der Ferne, ganz oben am Hang, erblickte ich Claud, der neben dem Lieferwagen stand und mit dem Köfferchen in der Hand auf mich wartete.

Es war Zeit, nach Hause zu gehen.

INHALT

DER RATTENFÄNGER
5

RUMMINS
29

HODDY
51

DAS HUNDERENNEN
67

»Die Klassiker«
in Diogenes Taschenbüchern*

Dashiell Hammett
Der Malteser Falke
Rote Ernte
Der Fluch des Hauses Dain
Der gläserne Schlüssel
Der dünne Mann
Fliegenpapier
Fracht für China
Das große Umlegen
Das Haus in der Turk Street
Das Dingsbums Küken

*alle in neuen Übersetzungen
detebe 69/1-10*

Raymond Chandler
Der große Schlaf
Die kleine Schwester
Das hohe Fenster
Der lange Abschied
Die simple Kunst des Mordes
Die Tote im See
Lebwohl, mein Liebling
Playback
Mord im Regen
Erpresser schießen nicht
Der König in Gelb
Gefahr ist mein Geschäft
Englischer Sommer

*alle in neuen Übersetzungen
detebe 70/1-13*

Ross Macdonald
Dornröschen war ein schönes Kind
Unter Wasser stirbt man nicht
Ein Grinsen aus Elfenbein
Die Küste der Barbaren
Der Fall Galton
Gänsehaut
Der blaue Hammer
Durchgebrannt
Geld kostet zuviel
Die Kehrseite des Dollars
Der Untergrundmann

*detebe 99/1-11
Weitere Werke in Vorbereitung*

*detebe
Unterhaltung für Intelligente

roald dahl

Gesammelte Erzählungen
Sonderausgabe. 448 Seiten. Geb.

Kuschelmuschel
Vier erotische Überraschungen. rororo 4200

Küßchen, Küßchen!
11 ungewöhnliche Geschichten. rororo 835

. . . und noch ein Küßchen!
Weitere ungewöhnliche Geschichten. rororo 989

. . . steigen aus . . . maschine brennt . . .
10 Fliegergeschichten. rororo 868

Der krumme Hund
Ein lange Geschichte mit 25 Zeichnungen von Catrinus N. Tas.
rororo 959

Ich sehe was, was Du nicht siehst
Acht unglaubliche Geschichten
Deutsch von Sybil Gräfin Schönfeldt, Rudolf Braunburg und
Hansgeorg Bergmann. 260 Seiten. Geb.

Danny oder Die Fasanenjagd
Mit 28 Zeichnungen von Hansjörg Langenfass. 160 Seiten. Lam. Pp.

Das riesengroße Krokodil
Mit Bildern von Quentin Blake. 32 Seiten. Lam. Pp.

Der fantastische Mr. Fox
Mit Bildern von Irmtraut Teltau. 72 Seiten. Lam. Pp.

Rowohlt

197/23

Gerald Durrell

Eine Verwandte namens Rosy

Eine fast wahre Geschichte (Sonderausgabe)
Deutsch von Anne Uhde. 240 Seiten. Geb.
Taschenbuchausgabe: rororo Band 1510

Ausschließlich als rororo Taschenbuchausgaben
liegen vor:

Die goldene Herde

und andere vergnügliche Tiergeschichten
Deutsch von Ursula von Wiese. rororo Band 1723

Nichts als Tiere im Kopf

Deutsch von Kai Molvig. rororo Band 1908

Vögel, Viecher und Verwandte

Deutsch von Kai Molvig. rororo Band 4086

Rowohlt

Jean-Charles

Die Knilche
von der letzten Bank
Aus Kindermund und Pennälerheften
rororo 1616

Knilche
bleiben Knilche
Stilblüten von großen und kleinen Leuten
rororo 1665

Knilche sterben
niemals aus
Aus Kindermund von großen und kleinen Leuten
rororo 1734

Lachen auf
Krankenschein
rororo 4461

1032/1

Jo Hanns Rösler

Die Reise nach Mallorca
rororo 1736

Meine Frau und ich
rororo 4079

Mein Haus und ich
rororo 4332

Meine Schwiegersöhne und ich
rororo 4464